[あじあブックス]
027

山の民　水辺の神々

――六朝小説にもとづく民族誌

大林太良

大修館書店

はしがき

六朝《りくちょう》（二二二～五八九）――晋・南北朝に中国が分かれていた時代である。このうち、南朝とは倭の五王が冊封関係にあった。日本で言えば、弥生時代から古墳時代の大部分にまたがっている。日本では国家統一の時代であったが、中国では分裂の時代であった。

北から異民族が侵入し、多くの漢族が南に移った。そして江南に文化の花が開いた。王羲之の「蘭亭序」なども、その代表的な例である。そしてまた、志怪小説あるいは小説といわれる文学ジャンルが栄えたのもこの時代である。晋の干宝《かんぽう》の『捜神記《そうじんき》』のように、中国全土に取材する例もあるが、六朝小説の多くは江南に重点が置かれているのはそのためである。そしてこれらの小説は、単に奇談集、文学作品としておもしろいだけでなく、貴重な民俗資料を含んでいる。

本書は、それら六朝時代の小説を資料として、中国のさまざまな地域の文化を描き出そうとする試みである。資料は、『捜神記』などのほか、宋の李昉《りぼう》の『太平広記』に引かれた六朝時代の志怪小説である。さいわい、『捜神記』には全訳（竹田晃訳、〈東洋文庫〉一〇、平凡社、一九六四年）が

あり、その他のものについては、
前野直彬編訳『六朝・唐・宋小説集』(〈中国古典文学全集〉六、平凡社、一九五九年)
前野直彬・尾上兼英他訳『幽明録・遊仙窟他』(〈東洋文庫〉四三、平凡社、一九六五年)
前野直彬編訳『六朝・唐・宋小説選』(〈中国古典文学大系〉二四、平凡社、一九六八年)
伊藤清司『中国の神話伝説』(東方書店、一九九六年)
荘司格一『中国説話の散歩』(日中出版、一九八四年、『太平広記』の紹介)
などに多数邦訳されている。そこでこれらの訳のお世話になることが多かった。
また、問題箇所のチェックのための原文としては、
『太平広記』は、『太平広記』(台北・新興書局、一九六八年)
『捜神記』は、張甦・陳体津・張覚編著『全本捜神記評釈』(上海・学林出版社、一九九四年)
を利用した。その他、
〔晋〕陶潜撰、汪紹楹校注『捜神後記』(〈古小説叢刊〉北京・中華書局、一九八一年)
〔南朝宋〕劉敬叔撰、范寧校点『異苑』/〔北斉〕陽松玠撰、程毅中・程有慶輯校『談藪』(〈古小説叢刊〉北京・中華書局、一九九六年)
〔晋〕王嘉撰、〔梁〕蕭綺録、斉治平校注『拾遺記』(〈古小説叢刊〉北京・中華書局、一九八一年)
などを随時参照した。

目次

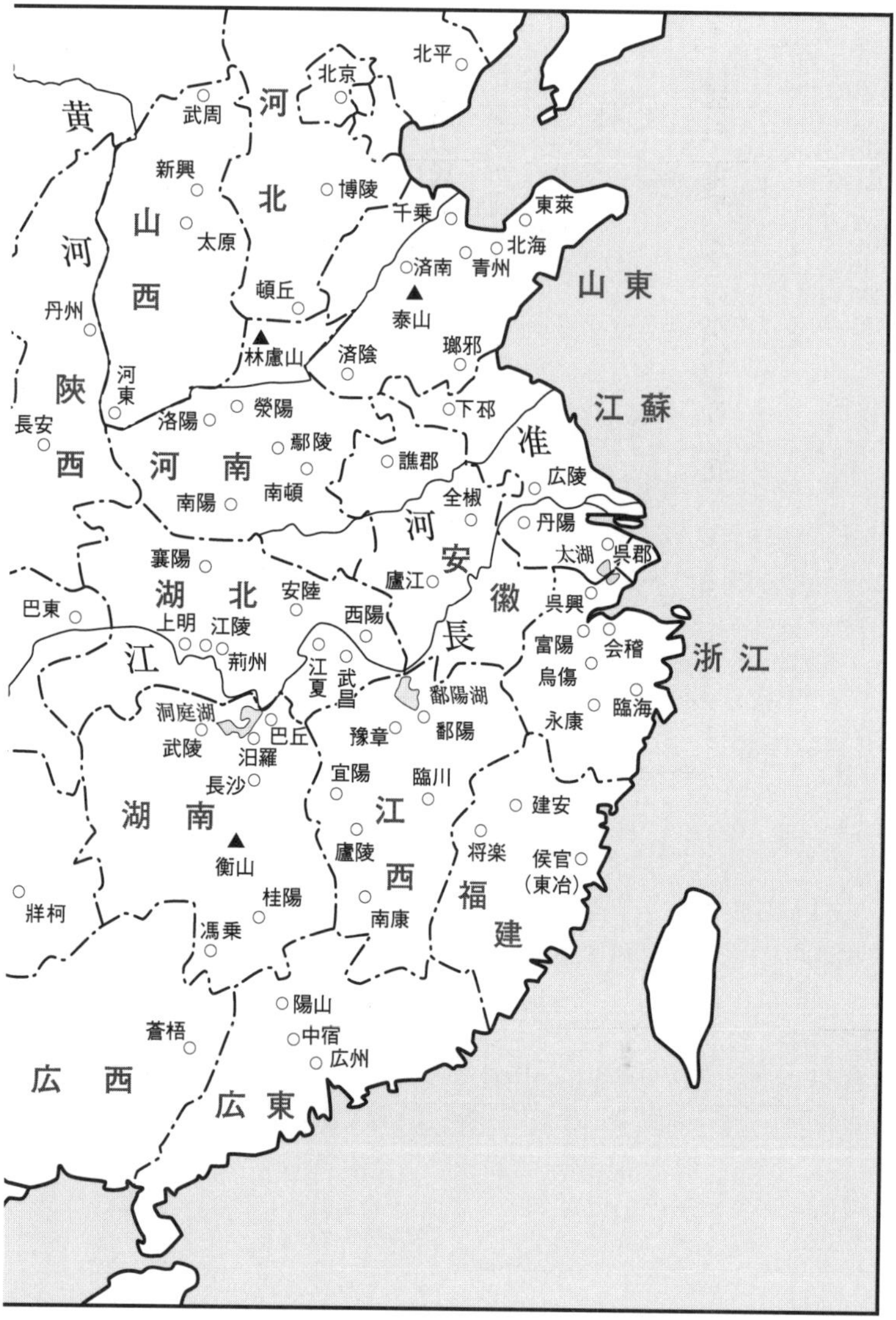

北平
北京
武周
河
黄
新興
博陵
北
山
太原
千乗
東萊
北海
河
済南
青州
西
頓丘
山東
丹州
泰山
林慮山
済陰
瑯邪
河東
陝
滎陽
下邳
江蘇
長安
洛陽
鄢陵
淮
西
河
南
譙郡
広陵
南陽
南頓
全椒
丹陽
河
太湖
呉郡
襄陽
安
廬江
湖
北
安陸
徽
呉興
巴東
西陽
上明
江陵
長
富陽
会稽
江
荊州
江夏
武昌
浙江
烏傷
鄱陽湖
臨海
洞庭湖
巴丘
鄱陽
永康
武陵
豫章
汨羅
長沙
宜陽
臨川
湖
南
江
建安
衡山
廬陵
将楽
侯官
(東冶)
西
牂柯
桂陽
福
南康
馮乗
建
陽山
蒼梧
中宿
広州
広
西
広東

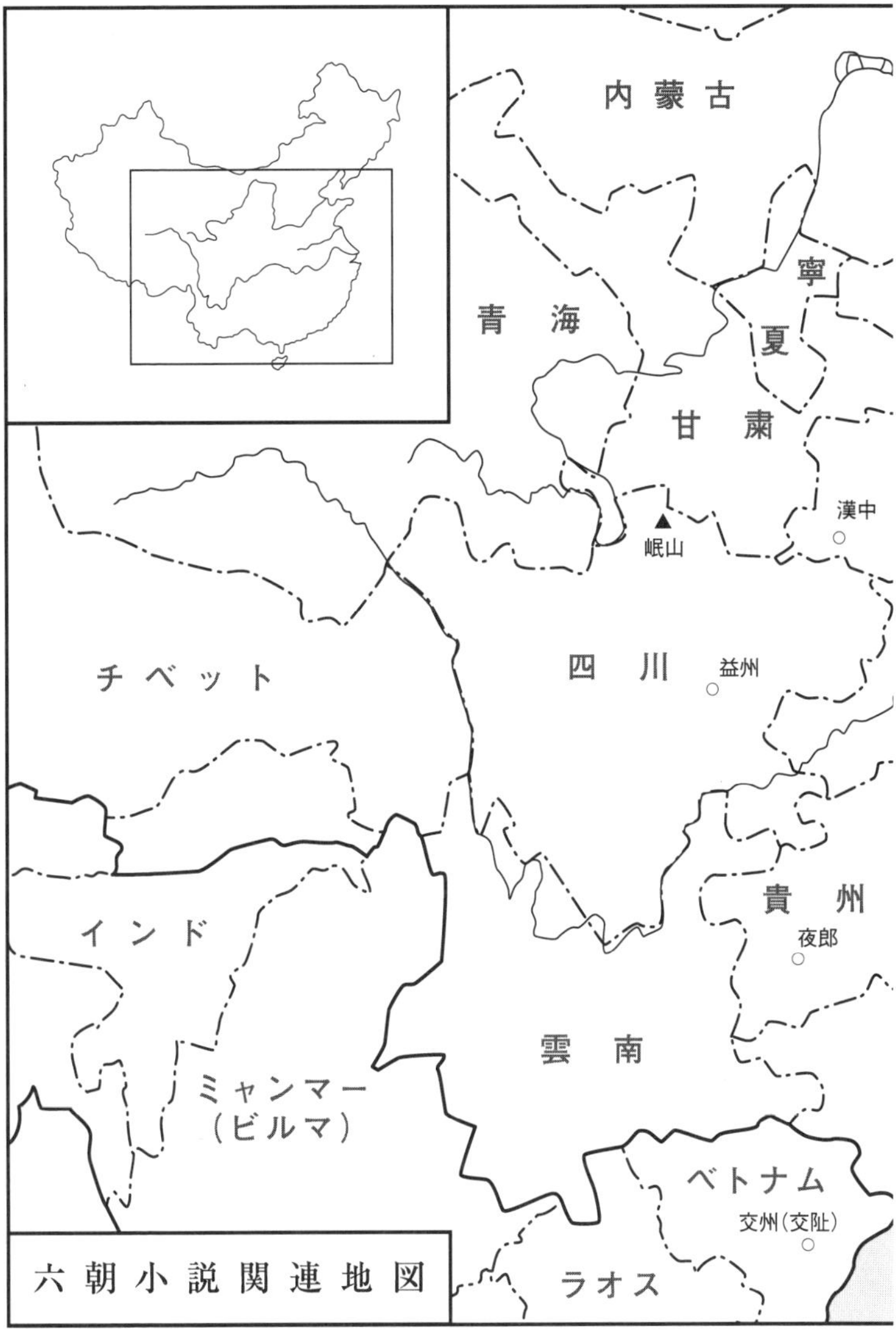
内蒙古
寧
夏
青海
甘粛
漢中
岷山
四川
益州
チベット
貴州
夜郎
インド
雲南
ミャンマー
(ビルマ)
ベトナム
交州(交阯)
ラオス
六朝小説関連地図

江南の民俗

狩人の文化

山越の民俗を求めて

神話伝説の比較研究にとって中国の志怪小説はいろいろ面白い資料を提供してくれる。そればかりでなく、与えてくれる民族誌的な情報も少なくない。まず三章にわたって、六朝の志怪小説を材料として、

（一）江南の山地住民の生業
（二）宗教
（三）平地や水辺の住民の民俗

についての覚書をお目にかけることにしたい。

結論を先に言えば、私は六朝の志怪小説に描き出された江南の山地住民は、大体において、史書

に山越《さんえつ》として登場するもの、あるいはその後身であると推測している。山越は三国の呉《ご》の領域内においていて、今日の安徽、江西、江蘇、浙江、福建などの諸省の、連続した広い山地に分散して住んでいた。この分布は、六朝小説で狩人などの山地の住民が登場する地域と大幅に重なっている。

山越は独自の言語と風俗習慣をもち、おもに農耕を営んでいたが、銅や鉄で武器や甲冑も作っていた。呉は武力で山越を征服しようとしたが、山越は反抗し、租税も納めなかったし、呉国内に出没して、強奪を行った。孫権《そんけん》が撫越《ぶえつ》将軍に任じた諸葛恪《しょかつかく》は、山越が作った収穫物を刈り取ってしまって、兵糧攻めにした。困った十万をこす丹陽（江蘇省）の山越は嘉禾《かか》六年（二三七）に投降した。恪はそのうち成年男子四万人余を自分の軍隊に編入し、後は平野に移して、政府の管轄下においた。

山越は大打撃をこうむり、だんだん漢民族のなかに同化していったが、それでも、梁《りょう》末においても会稽《かいけい》（浙江省）の山越はまだ相当の力をもっていて、従わなかった。そこで当時会稽太守だった後の陳《ちん》の世宗《せいそう》が征討しなくてはならないほどであった。隋や唐になると記述は稀になり、宋になると山越はもう記録に出て来なくなる（陳強国ほか『百越民族史』北京・中国社会科学出版社、一九八八年、など参照）。奇妙なことに、江南の山地住民についての記述も唐代の小説からは姿を消している。山越の消滅に呼応するかのようである。

志怪小説に現れた山地住民の生活や信仰にかんする記述は、このような史書に記された山越の像をある程度補うものである。

これから具体的な内容に入ることにしたい。時代は六朝の全体で、地域は長江流域とその南の山地である。江南を中心とするが、それよりもやや広く、時には長江のすぐ北の地域や長江中流、福建の山地も含むことにしたい。ここで山地と言っているのは、山地と明記してあるもののほか、生業活動その他の点から、舞台が山地と判断されるものである。

生業と物質文化

山地の住民の生業活動としては、まず狩猟がある。一般的に言えるのは、男が山に入って弓矢を武器として狩猟を行う形をとっていることである。実例を二つ紹介しよう。

『異苑《いえん》』巻八にこんな話がのっている。晋《しん》の咸寧《かんねい》（二七五～二八〇）のころ、鄱陽《はよう》郡楽安《らくあん》県（江西省）の彭《ほう》という男は代々狩猟を職業とし、山に入るときは、いつも息子を連れて行った。あるとき彭は、山中でばったり倒れて、白い鹿に変身し、走り去った。息子はそれから生涯狩りをしなかったが、孫になると、また弓矢の練習を始め、白い鹿を射た。二本の角の間に護符《ごふ》が貼ってあり、さらに祖父の姓名、住所、生年月日が書いてあった。孫は後悔して、弓矢を焼きはらい、死ぬまで、もう狩猟をしなかった。

もう一つは『捜神後記《そうじんこうき》』巻十（『太平広記』巻一三一）に出ている話である。三国時代の呉の末年、臨海（浙江省）の男が狩りのために山中に入り、仮泊した。すると深夜、身の丈一丈、黄色い衣服を着て、白い帯をしめた男が現れ、翌日闘うことになっているから、加勢してくれ、と頼んだ。承知すると、翌朝、谷川のところに来い、北から来るのが敵で、黄色い帯をしめており、私は南から来て、白い帯をしめていると言った。行ってみると、長さ十余丈もある二匹の大蛇が現れ、闘った。白蛇の旗色が悪いので、猟師は弩《ど》（引き金をひいて矢を発射する弓）で黄蛇を射て、白蛇を救った。夕方、昨日の男がお礼に来て、この山に一年留まって猟をし、来年山を下りなさい。しかし二度と来てはいけない。きっと災いがある。と教えてくれた。狩人は一年山に留まり、たくさん獲物を狩った。数年後、また狩人が山に狩りに来ると、例の男が現れ、敵の息子が大きくなっていて、おまえに敵討ちをするぞ。と警告した。そこに身の丈八尺の黒衣の男が口を開けて向かって来た。狩人は直ちに死んでしまった。

楽安県の彭は世襲の狩人で、親子で山に入ったが、なかには豫章《よしょう》郡新淦《しんかん》県（江西省）の貧民のように狩りが好きで、毎日出掛けて、弓矢で鹿を射る男の例もある（『捜神後記』巻八）。また狩りに複数で出掛けるとき、必ずしも親子とは限らない。会稽郡剡《せん》県（浙江省）の二人の庶人が山中で狩猟する話もある。この場合は、対象は山羊らしい（『捜神後記』巻一）。また永康県（浙江省）では、男が同じ村の人と一緒に、猟犬を連れて遠い山に登って狩りをすることがあった（『異苑』巻八）。また、男が狩りのために山に入ったとき、臨海の男のように仮泊することもあった。武器としては弓矢がふつうだが、臨海の男のように弩を用いるのもあった。詳細は不明だが、丹陽郡（江蘇省）でも男が山中で狩りを行っている（『捜神記』巻十二）。

ところが、長沙県《ちょうさ》（湖南省）に属する東高《とうこう》という蛮族の集落の人たちは、檻《おり》を作って虎を捕らえるという（『捜神記』巻十二）。地域も、住民も、獲物も、狩猟具も違い、別の文化領域の話である。

狩猟以外には、多少の農耕もやっていたが、これについてはあまり記述がない。廬陵《ろりょう》郡巴丘《はきゅう》県（江西省峡江《きょうこう》）では女が畑仕事をしていたが（『捜神後記』巻七）、他の地域でもそうだったかも知れない。何を栽培していたか、あまりはっきりしないが、会稽の南の剡県（浙江省）天台山では蕪菁《かぶら》を作っていたらしい。またその話には胡麻飯《ごまはん》というのが出て来る。胡麻や穀物も作っていたのかも知れない（『幽明録』）。

家畜も飼っていた。故鄣《こしょう》県（浙江省）では山奥の家の裏で、柵のなかで豚を飼っていた（『幽明録』）。ほかに剡県（浙江省）では山羊や牛の肉を食べるので、これらも飼っていたらしいが（『幽明録』）、山羊というのは野生の羊のことかも知れない。

川で漁労を行うところもあった。南康県（江西省）では、小船に父子が乗って漁に出て、谷川をのぼり、日が暮れると、岸に登って、小屋掛けして泊まることがあった（『述異記』）。また富陽（浙江省銭塘道《せんとう》）では、男が蟹を取るために川に梁《やな》〔断《だん》〕をしかけて、翌朝見に行った。この場合、担い棒に籠《かご》をもって行くのだから、かなり蟹が取れたものらしい（『捜神後記』巻七、『述異記』）。

そのほかの生業活動には、蜂蜜採取もあり、建安郡（福建省）の例がある（『捜神後記』巻三）。しかしそれより盛んだったのは、林産活動、つまり樹木の伐採である。山中で薪を集めるのは、会稽

天台山に迷い込んだ男たち
（『列仙全伝』より。『幽明録』の記事にもとづく）

では女の仕事であり、虎の出るような山でも既婚の女がやっていた（『異苑』巻六）。女の薪取りは恐らく他の地域でも同様にふつうのことであったろう。しかし材木の伐採となると、これは男の仕事であった。衡山《こうざん》（湖南省南部）でも樵夫《きこり》が活躍していたし（『捜神後記』巻一）、建安郡で男が樟《くすのき》を伐《き》るのには道具として斧を使っていた（『述異記』）。また南康県（江西省）では、男が船を造る用材を切り出していた（『捜神記』巻十八）。越（浙江省）の山奥で樵夫は冶鳥《やちょう》に出会うと、これを避けることになっていた（『捜神記』巻十二）。冶鳥については後で宗教のところで、もう少し詳しく取り上げることにしよう。

山中で採取する植物資源としては、薬草など医薬品の原料がある。衡山では、男が薬草を採取し（『捜神後記』巻一）、剡県では天台山で穀皮《こくひ》を採取に来る男がいた（『幽明録』）。ただし、薬草採取は必ずしも山人の活動とは限らず、平地から来るものもあったかも知れない。

その他の日常の仕事としては、女の水汲みがあり、宜陽《ぎよう》県（江西省）の山奥では、娘が水甕を背負って、谷川で水を汲んで来るのであった（『幽明録』）。

物質文化としては、今まで触れて来た、狩猟用の弓矢、弩、樹木伐採用の斧、水汲み用の水甕などのほか、葛布《かつふ》が諸曁《しょき》県（浙江省）の山中で用いられていた（『捜神後記』巻六）。また履物としては屐《げき》（下駄）があり、未婚の若い娘が履いた例が烏傷《うしょう》（浙江省義烏《ぎう》）にある（『異苑』巻五）。娘以外も履いたのではないかと思われるが、よく分からない。また会稽郡剡県には石橋もあった（『捜神後記』巻二）。

記述の偏り

このように志怪小説に描き出された、江南とその隣接地域の山人の生業は、狩猟、採集、樹木伐採を主としたものである。狩人と樵夫としての活動である。農耕はほとんど現れない。しかし豚や牛を飼っていることは、農耕をかなりやっており、定住生活を送っていたことを意味している。さらに、先に述べた諸葛恪の戦術を見ても分かるように、山越が食料をおもに農耕に仰いでいたことは、史書の報ずるところである。だが小説はそれを反映していない。志怪小説が平地の文人の筆になった以上、そこに描き出された生活は、山地の住民の忠実正確な記述ではなく、平地の知識人のもっていた山人のステレオタイプという性格を多分にもっていたに違いない。それにもかかわらず、この山人の生活像は、ある程度、現実を反映したものでもあったろう。また山越の生業活動、物質文化においては、金属技術がかなり重要だったらしい。これもまた、小説にはさっぱり現れないのである。

このような偏りはあるものの、生業活動については、かなりの記述がある。ところが、山地の住民の社会については、ほとんど何も分からない。史書によれば山越は宗部《そうぶ》とか宗伍《そうご》、宗というような親族集団と思われるものをもっていた。しかし、このような組織は話からは窺うことはできない。何千人も結集し、呉に抵抗した山越の姿は、出て来ない。出ているのは、孤立分散して生活する像である。諸葛恪などの大弾圧の結果、社会が分断され、多くを平地に強制移住させられて貧弱となった後の山越が、小説に出て来る山地住民なのであろうか？

また婚姻や家族についての記述も少ない。世襲の狩人がいて、親子で狩りに出掛けたことは出ていても、狩人が配偶者をどこから得ていたのか出ていない。故鄣県（浙江省）の山中に住み、豚も飼っている老人と娘がいて、余杭《よこう》（浙江省）の男がこの娘に求婚した話があるが（『幽明録』）、これだけでは、山地民の家族、婚姻がどんなものであったかを解明するわけにはいかない。同様に、同じ話のなかに、この老人が死んで、死体を寝台に安置し、外から棺桶を車にのせて運んで来、死体に豚を殺して供えることが出ているが、この記事が山地の葬制をどこまで表しているかは問題である。

ところが、宗教や俗信になると、小説はがぜん多弁になってくる。

江南山地民の宗教

山の主の争い

山地住民の宗教は、その内容から見て、山とのかかわりが深く、かつその性格は、農耕民的というよりは狩猟民的である。そして重要なことは、超自然的存在には、山の主と、それよりも格の落ちる山中の魑魅魍魎《ちみもうりょう》的な精霊との二種類が区別されることである。あるいはまだ他の範疇の超自然的存在もいたかも知れないが、おもなものはこの二つであろう。

まず山の主から話を始めよう。山の主は人間の形をとることもあるが、その本質は蛇であった。前章で紹介した『捜神後記』巻十の相い闘う二匹の蛇の話を思い出していただきたい。これらの蛇は、山の支配権をめぐって死闘を展開したのであった。支配権をにぎった蛇はその山の主になり、山の野獣をその支配下におくことができる。だから白蛇が支配権をにぎるのを助けた狩人は、一年間この山でたくさんの獲物をお礼として貰えたのであった。

山の主が蛇で、支配権をめぐって争った話は、違う形で『捜神記』巻十九にも出ている。漢の武帝のとき、張寛《ちょうかん》が揚州（安徽省）の刺史《しし》となったとき、その前から二人の老人が山の土地を争って、揚州の役所に来て訴訟を起こしていて、何年経っても解決しなかった。張寛は二人の様子に疑問をもち、兵士に捕まえさせると、二人は蛇になった。人間の勢力が山中にも及んで来て、山の主が没落して行ったことが、この話から読み取ることができる。

もう一つ、山の主の没落譚が『述異記』に載っている。舞台は章按《しょうあん》県（浙江省臨海）の赤城山《せきじょうさん》である。ここでは山の主は人間の形をとっており、狼が手下である。外国の法師白道猷《はくどうゆう》がこの山中に庵を結んだ。山の神は狼をけしかけたり、怪しい姿を見せたりしたが、法師が平然としているので、自身が法師の所に行って、この山を明け渡すと申し出た。山の神は、「自分は夏王《かおう》の子で、ここに一千年あまり住んでいた。寒石山が叔父の住居なので、一応そこで休息してから、会稽山の廟《びょう》に帰るつもりだ」と言った。山を譲るしるしに、香《こう》をつめた箱を三つ道猷に贈った。山を去るとき山の神はまた別れを告げに来た。鼓や角笛の音が響くと、空中に舞い上がって姿を消した。

この種の山の主の祭祀が、どのような形式で行われたかは、あまり資料がない。今見た章按県の例では、山の神の退散のときに、鼓や角笛の音が響いている。あるいは、山の神ないし山の主が祭儀の場に来臨するときも、鼓や角笛の奏楽があったのかも知れない。地域は少し南になるが、閩《びん》中《ちゅう》郡東冶《とうや》県（福建省）では山の洞窟に棲む大蛇にたいして初めは牛羊の供犠、のちに少女の人身供犠が行われていた。供犠の場は廟で、犠牲の要求は、この大蛇は、人の夢を通じて、あるいは巫《ふ》祝《しゅく》を通じて行っていた。してみると、この供犠においては巫祝が役割を果たしていたのである（『捜神記』巻十九）。同様なことは他の地域にもあったかも知れない。

山中の魑魅魍魎

宗教的な職能者としては、いま触れた閩中郡東冶県の巫祝が人身供犠にかかわっていたほか、越（浙江省）には巫覡《ふげき》がいて、越人は冶鳥《やちょう》が巫覡の祖先だと信じていた。この鳥は鳩くらいの大きさで、色は黒い。大木に穴をあけて巣にしている。樵夫は、この木が見えると避けて通る。行けと鳴くかわりに、ただ笑い続けていたら、木の下に立ち寄って、伐ってもかまわない。冶鳥はときどきは人間の姿をして現れる。身長は三尺で小さく、谷川で沢蟹を取り、人間のそばに近づいて、これを焼いてもらう。しかし人間は、一切手出ししてはならない（『捜神記』巻十二）。

ここに出ている冶鳥が人間の姿をとったとき沢蟹を取るのは、山人が生業の一部として、谷川で蟹を取るのを思い出させる。しかし人間が火の利用という文化をもっているのにたいし、巫覡の先祖とは言え、冶鳥には文化がなく、人間に蟹を焼いてもらわなくてはならなかった。人間が蟹を取るのに用いる梁《やな》も冶鳥はもっていなかったことであろう。

ここで面白いのは、越の巫覡の先祖が、いわば魑魅魍魎的な精霊だと信ぜられていたことである。つまり、この蟹を取る人態の冶鳥は、山中の怪物にそっくりなのである。

これら怪物は山地住民の宗教において大きな地位を占めていたらしい。身長が小さい点では、諸葛恪《しょかっかく》が丹陽郡（江蘇省）で狩りに出掛け、二つの山の間で出会った子供のような怪物に似ている。この怪物は手を伸ばして人を引っ張ろうとしたが、失敗した。恪はこれは『白沢図《はくたく》』に出ている傒囊《けいのう》という怪物だと言った（『捜神記』巻十二）。

蟹を好む点では冶鳥は富陽（浙江省銭塘道）の山中に出る山猓《さんそう》（『捜神後記』巻七）あるいは山魈《さんしょう》（『述異記』、『太平広記』巻三二三）と同じである。これは魑魅の一種で、顔は人間のようで、体は猿に似て、足は一本だというから、体つきは冶鳥とは違っている。『捜神後記』によると、人の姓名を知ると、その人を傷つけることができるという。

怪物にはもっと大きいのもいた。山都《さんと》といって、いまの安徽省から江西省にかけての山中に棲んでいたというから、身長や名前ばかりでなく、分布地域も山猓ないし山魈とは違っていた。廬江郡《ろこう》（安徽省）の山都は、高い山に棲み、顔かたちは人間に似るが、身長は四〜五丈もある。男女ともに裸で、何もまとっていない。いつも薄暗いところにいて、人間の姿を見るとすぐ逃げる。魑魅魍魎の類いである（『捜神記』巻十二）。これが南康郡（江西省）の山都になると、高さは半減して二丈である。山の樹に巣くい、雄は上の巣、雌は下の巣に棲む。木客《ぼくかく》、山㺐《さんそう》の類いである（『述異記』）。

さらに贛県《かん》（江西省）では、池のほとりの樟《くすのき》の木の空洞に山都の巣があるという（『述異記』）。樟の木には山都が棲むだけではない。樟の木には彭侯《ほうこう》という木の精がいると建安郡（福建省）では言っていた。斧で切られた樟から血が出て、人面で体は犬のような怪獣が木から出て来た。煮て食べると犬のような味がしたそうである（『捜神記』巻十八）。

また廬江郡の耽県《たん》と樅陽県《しょうよう》の境の山野（安徽省）には、大青、小青という怪物がいて、悲しい泣き声を出す。するとその付近の家に不幸が起きる。姿はめったに見せない（『捜神記』巻十二）。有害な怪物としては刀労鬼《とうろうき》というのもいて、臨川郡《りんせん》の山々（江西省）に出没していた。風雨の激しいときに、この刀労鬼が現れ、うなり声を立て、人間に何か吹き付ける。あたると間もなく皮膚が腫れ、ひどく痛む。雄と雌とがいて、雄の毒のほうが回りが早いそうである（『捜神記』巻十二）。

さらに別に有害ではないようだが、奇怪な外形の怪物もいた。永康（浙江省）の舒寿夫《じょじゅふ》が同じ村のものと一緒に、犬を連れて遠くの山で狩りをしたとき、猟犬が吠えるので見ると、茂みのなかの樹下に、身長三尺ほどの老人がいた。猟師たちに責められた老人は、一匹の獣に変身した。黄色い四足獣で、形は犬のようでもあり、また狐のようにも見え、首の長さは三尺、額には角が一本あり、耳は頭よりも高く突き出し、顔はもとの老人のままだった。猟師たちはこわくなって、縄を解くと、怪物はたちまち姿を消した（『異苑』巻八）。

こうして見ると、江南の山々は、いろいろな魑魅魍魎的な精霊の住処だったことになる。ここで注意しておきたいことは、これらの精霊は不気味に思われていることはあっても、べつに祭祀の対象になったとは記されていないことである。また、これらの怪物は、その支配する領域というものも、また配下の野生動物ももっていないようであるし、人間の狩猟活動を助けることもないらしい。その点で、山の主とは、大きく相違している。

ここで冶鳥のところに出て来た、越の巫覡について、一言付け加えておこう。司馬遷の『史記』封禅書《ほうぜんしょ》第六の漢の武帝のところに、越でも少し南のほうでの巫俗についての記事がある。

そのころ、もう両越《えつ》（南越・閩《びん》越）を滅ぼしていたが、越の生まれの勇之《ゆうし》というものは、

「越の人には鬼神を信ずる風習がありまして、その祠ではどこでも鬼神があらわれ、いくたびかあらたかな霊験がございました。むかし東甌《とうおう》王（東海王の繇《よう》）は鬼神を尊敬して、百六十歳の寿命をたもったのでしたが、後世では（まつりを）おこたるものですから、（からだがはやく）おとろえてしまうのです」

と言った。そこで越の巫に越風の祝祠（いのりをするところ）を立てさせ、台をもうけたが壇はなく、ここでも天神・上帝・百鬼をまつり、また鶏をつかって卜《ぼく》（うらない）をし、天子はそれを信じ、こうして越祠の鶏卜《けいぼく》がはじめて用いられるようになった。

（野口定男ほか訳『史記』上、平凡社、一九七二）

冶鳥の子孫の越の巫覡が鶏を使って占いをしていたのである。そして彼らの活動によって長生きできると信じられていた。そのような能力の源泉は、彼らが山中の超自然界と関係をもっているからであった。山中の超自然的存在には、人に害を与えるものもあれば、人を助けるものもあったのである。

《野獣の主》と山の秩序

狩猟民の宗教においては、彼らの生業活動に対応する神観念が発達している。それは野生動物を統御し、彼らを代表する一方において、配下の動物を人間、つまり狩人に引き渡す存在である。野生動物全体を統御する《野獣の主》もいれば、個々の動物種の主もいる。《野生トナカイの主》、《野猪の主》といったぐあいである。またその統制下にある領域にもとづいて、《山の主》や《森の主》という形をとることもある。このような主は、自身が動物の姿をとることもあるが、人間の形で現れることもある。このような動物の主の観念が、アフリカ、シベリア、南アメリカに存在することは、ことにヨーロッパの民族学者、宗教学者の努力で明らかになっている。日本の狩人が信仰する山の神もこのような神観念の一例であるし、私がここで論じた江南山地の《山の主》もこの範疇に入るものである。

ここでは《山の主》と呼ばれているように、一定の山をその領域としてもっている。しかし、そ

の山の猟獣、前章で述べたように、主として鹿、をその配下にもち、狩人の行動がよければ、この獣を獲物として授けてくれる。ところが自分の領域に人間が不当に侵入したと思うときは、配下の狼をおくって脅かすことからも知れるように《野獣の主》なのである。そしてその本体は蛇であった。日本の山の神が女性なのに反し、江南山地の《山の主》はどうもみな男らしい。このようにして江南の《山の主》も、基本的には狩猟民的な神格である。狩人とかかわりが深いのも当然である。

《山の主》が統御する領域をもち、外部からの不当な侵犯にたいしては、闘ってこれを守るということは、山には山の秩序があることを意味している。この秩序の維持に人間も協力すれば、豊かな猟によって報われる。鹿も狼もこの山の秩序の構成要素であり、《山の主》はまさにこの秩序の体現者である。

これにたいして、魑魅魍魎的なさまざまな存在は、なん

狩猟図（後漢時代。江蘇省徐州邳県燕子埠漢墓画像）

とも訳の分からない存在である。外観もまともでなく、子供や小人のように小さかったり、巨人のように大きかったりしている。猿のようであったり、犬のようであったりするし、足が一本のものもある。このような異常な外観は、あるべき姿ではない。秩序の欠如を表している。また冶鳥が沢蟹を人間に焼いてもらうように、文化もない。人間社会の秩序のなかから、また文化の世界から見れば、このような存在は、時には有害ですらある。大青、小青が泣けば、付近の家に不幸が起こり、刀労鬼の毒は腫れ物を生じさせるのである。

このような存在から身を守り、長生きするためには、このような存在、つまり百鬼とのあいだの仲介者がいる。それが巫であって、越の巫覡のばあい、この種の存在の一つ、冶鳥を先祖にもつことによって、仲介者としての資格が与えられたのであった。

川辺と水田で働くもの、訪れるもの

内陸漁民

山人の後は海人といきたいところだが、そうはいかない。海人は六朝小説には登場しないからである。中国文明の内陸志向がこんなところにも出ている。しかし、内陸河川での漁労なら少数であるが登場する。

烏傷《うしょう》（浙江省）の黄蔡《こうさい》が査渓《さけい》の岸で夜釣りしたところ、怪物を釣り上げた話が『異苑』巻七に出ている。夢に巨人が現れ、蔡は腹痛で死んだ。別の漁法としてはエリを使う仕方もあった。『志怪』によると、丹徒《たんと》（江蘇省）の陳悝《ちんかい》は長江の岸に魚簄《ぎょこ》つまりエリを仕掛けた。ところがそれに長江の女神がかかり、女神を犯した男は病気になって死んだ。

漁民が船に乗って仕事に出掛けると、時には武陵《ぶりょう》（湖南省）の漁民のように見知らぬところに達することがあったことを『捜神後記』巻一の桃花源《とうかげん》の話は示唆している。また漁に出て、船上で夜を過ごすこともあった。『捜神後記』巻六に出ている話では、廬江（安徽省）の箏笛浦《そうてきほ》という長江の入江では、一人の漁夫が一夜を明かそうとして、自分の船のとも綱を、そこにある大きな船につないだところ、それは曹操《そうそう》の船だったことになっている。同じ話が『捜神記』巻十六では濡須水《じゅしゅすい》（安徽省、長江の支流）での出来事になっている。

漁労以外の活動としては、京口《けいこう》（江蘇省）の徐郎《じょろう》のように、川岸に流れ着く小枝などを拾って暮らす、しがない渡世もあった。徐郎のところに天女が船団とともに押しかけ女房にやって来たが、郎はひたすら恐懼して彼女と床入れもできず、追い返されて、くよくよして死んだ哀話が『幽明録』に載っている。女の場合は、川岸での洗濯がある。長沙（湖南省）のある娘は、川岸で洗濯中に、蛟《みずち》の子を懐胎し、三人の蛟の子を生んだことが『捜神後記』巻十に出ている。

雷神の重要性

六朝時代の江南の民俗を考えるうえで、山地の狩人や川岸の漁民の文化以上に重要なのは平地の水稲耕作にもとづいた生活様式である。小説は水稲耕作の技術、耕作民の社会構造については、ほとんど情報を与えてくれない。しかし水田での活動は、決していつも平穏無事に行われるとは限らなかったことを教えてくれる。

つまり水田は人間の文化の下にあるとはいえ、自然の一部である。また、人間の統制の及ばない世界と文化の本拠たる村や住居との中間の接触地域でもある。したがって水田で働く人たち、主として男たちは、水田において野生の世界や超自然界からやって来たものと接触する機会が少なくなかったのであった。

野性の世界の代表者としては、蛇がある。この点では、山の狩人の世界の場合と同様だが、水田に現れるときは異なる様相を示す。ことに注目すべきことは、この蛇と雷との関係である。

その一つの例は『捜神後記』巻十（『太平広記』巻四五六は『捜神記』として引く）の語る呉興《ごこう》（浙江省）の章苟《しょうこう》という男の話である。彼は五月に田で耕していた。弁当を真菰《まこも》のかげに置いておいたが、日が暮れてから食べようとすると、飯が全部なくなっていた。これが何度も続くので、ある日様子をうかがっていると大蛇が盗んで食べていた。苟は大蛇を鎩《えき》（小さい矛《ほこ》）で刺した。蛇は逃げて洞窟に入った。

蛇たちは、雷に頼んで苟を打ち殺させよう、と相談していた。間もなく雨が降りだし、雷が鳴りだした。苟は躍り上がって「蛇が弁当を盗みに来たのは、蛇に罪があるはずだ。それを逆に俺を殺す気か。雷め、もし近づいて来たら、この矛でお前の腹に穴をあけてやるぞ」と叫んだ。雨もおさまり、雷は蛇の穴のほうに向かって行った。穴のなかには数十匹の蛇の死骸が発見された。

なお、この鎩は『捜神後記』も『太平広記』も同じだが、『捜神後記』では「鎩をもってこれを斫《き》る」とあって矛にうまく合わない。『太平広記』では「殺をもってこれを叉《さ》す」とあって、矛に合うからこれに従うことにした。

いずれにしても、我が国の『常陸国風土記』に出ている夜刀《やと》の神を退治した箭括《やはずのうじ》氏麻多智《またち》を想起させる話である。

この章荀の話の変換形と言ってよいような話が『九江記』(『太平広記』巻四二五)に載っている。舞台は江夏《こうか》(湖北省)で江南ではないが、長江流域の稲作地域だから、ここで取り上げよう。陸社《りくしゃ》児《じ》は川のふちの田に稲を植えて、日が暮れて帰宅する途中、見知らぬ美女に出会った。これから浦里に帰る途中だが、あなたの家に泊めてください、と彼女は頼んだ。社児は女を連れ帰り、一緒に床に入ると、大風が吹き、雷がなり、稲妻が光り始め、女はうろたえ始めた。すだれの前に雷が落ち、毛むくじゃらの大きな手が寝室に入るのが、稲妻の光りで見えた。その手は女を捕まえて行った。社児は気を失ったが、間もなく息を吹き返した。

夜が明け、川を渡って来た村人が、ここから一里ほどのところに、長さ百丈もある首のない蛟《こう》竜《りゅう》が倒れていて、おびただしい血が流れていたと語った。

章荀の話と陸社児の話に共通していることは、水田やその付近は蛇や蛟竜が出没するところであり、蛇や蛟竜は雷と密接な関係にあるが、雷の統制下にあり、雷によって殺されることもある、という考えである。雷は雨を降らせるのが職務である。『幽明録』には、死んでから雷公に任ぜられた曲阿《きょくあ》（江蘇省）の男の話が出ている。大八車に載せた水をあちこちに撒き散らすのがその仕事であった。水なしには成り立たない水稲耕作民の超自然界において、雷が重要な地位を占めるのは不思議ではないのである。

水田で結ばれた男女

陸社児の話では、水田から家へ帰る途で、彼は女の形をとった蛟竜と一緒になり、同衾したが不幸な結末に終わった。これに反して、出会った異類の女とは、もう少しましな展開になっている例もあった。

その一つは『捜神後記』巻五に載っている「白水素女《はくすいそじょ》」の話である。侯官《こうかん》（福建省）の謝端《しゃたん》は野良仕事に精を出していたが、あるとき、村外れで三升入りの壺ほどもある大きな田螺《たにし》を見つけ、珍しいと思って甕《かめ》に入れて飼っておいた。それから十日あまり経ってから、端が野良から帰ってみると、家のなかに食事の用意ができており、湯も沸き、火も燃えていた。彼は初めは隣人の親切だと思っていたが、そうでないことが分かったので、ある日、出掛けたふりをして、ひそかに戻って、様子を窺っていた。甕のなかから若い女が出て来て、竈《かまど》で火を起こし始めた。端は家に入り、甕を見ると田螺は殻だけであった。

端が話しかけると、娘は甕に戻ろうとしたが、戻れなかった。娘が語ったところによると、彼女は天の川に住む白水の素女である。天帝は端が幼いときから孤児の身で、まじめに行いを謹んでいるのを同情し、彼女を遣わして、端の家の留守番と炊事を命じた。十年のうちに端を金持ちにし、妻も迎えさせてから、天に帰ることになっていた。しかし、端に見いだされ、捕まってしまったので、もうここにいられない。立ち去らなくてはならない。これからは生活がいくらか楽になるだろう。畑仕事に精をだし、魚取りと柴刈りで生計をたてなさい。この殻をおいていくから、この殻に穀物を入れると窮乏することはない。

端は留まるように女に頼んだが、聞き入れず、風雨が起こり、女は姿を消した。端は女のために神棚を作り、節季ごとに祭った。大金持ちにはならなかったが、生活は楽になった。端は村人の娘を妻とし、仕官して県令にまで出世した。素女はいま道ばたの祠《ほこら》で祭られている。

端は、天女を妻にしそこなった。これに反して、天女を妻にすることに成功したのは『捜神記』巻十四に出ている羽衣の話である。

豫章郡新喩《しんゆ》県（江西省）のある男が、田のなかに六、七人の娘を見た。みな羽毛の衣（毛衣）をまとっていた。一人が脱いだ羽毛の衣を隠してから、近寄って捕まえようとしたが、鳥となってみな飛び去った。ただ一人、羽毛の衣を取られた娘が逃げられなかった。男は彼女を家に連れ帰り、妻として三人の娘が生まれた。

女は娘を通じて、羽毛の衣が稲束を積んだ下にあることを聞き出し、羽毛の衣をまとって飛び去った。その後、母は三人の娘を迎えに来た。娘たちも飛べるようになり、飛び去った。

異類の女を妻にすることはできても、幸福は一時的であり、限られたものであった。羽衣の女に比べて、極めて危険なのは羽衣の男である。同じ『捜神記』巻十四には、曁陽《きよう》（江蘇省）の任谷《じんこく》という男の話も出ている。彼が畑仕事の途中、木陰で一休みしていると、突然、羽衣を着た男が現れ、谷を犯して立ち去った。谷の腹が大きくなり、月満ちて子供が生まれそうになったとき、また羽衣の男が現れ、刀で谷の下腹を切り開き、蛇の子を取り出して立ち去った。この結果、谷は去勢されてしまい、宮中に養われるようになった。

谷は蛇の子を懐胎したのであるから、彼を犯したこの羽衣の男の本体は蛇かも知れない。蛇がなぜ羽衣を着ていたのか、よく分からない。しかし羽衣を着ているからには、鳥と共通するところもあるに違いない。

米の呪力

鳥の登場する話をもう一つ挙げよう。

六朝時代の江南の水田は、少なくともその一部はマラリアの巣窟であったらしい。『録異伝』（『太平広記』巻三一八）にこんな話が出ている。呉興《ごこう》郡烏程《うてい》県（浙江省）の人、弘公《こうこう》（『太平広記』では邵公《しょうこう》）は、瘧《おこり》をわずらって何年も治らなかった。その後、一人で田のなかの小屋に行っているとき発作が起こった。見ると、数人の子供が、公の腹の上に馬乗りになったり、首や足をつかまえているのであった。公は気を失ったふりをして、ぱっと起きて、一人を捕まえると、黄色い鳥に変身し、他のものはみな逃げてしまった。公はこの鳥を持ち帰り、翌日殺して食べるつもりでいたら、翌日鳥は姿を消し、公の瘧は治った。当時、瘧にかかったものは、「弘公」と呼びさえすれば治ってしまったという。

新喩県では、男は鳥女を捕まえて妻にしたが、ここでは弘公は病原鳥を捕まえることによって、自分の瘧を治したのであった。どちらもその舞台は水田のなかであった。

水稲栽培とマラリアとの関係は、『述異記』に出ている浙江の武康の話にも現れる。瘧を治すには、握り飯をもって道端に出て、それから負傷して死んだ人の名を呼び「握り飯をあげますから、瘧を止めて下さい」と言って、握り飯を投げ、後を振り向かないで帰るのだそうである。ここでは瘧を起こすのは黄色い鳥ではなく、負傷して死んだ人である。しかしその供物は握り飯なのであった。米には特別の呪力が認められていたらしい。

米が特別の呪力をもっているという考えは、『神仙伝』巻二の王遠の話にも出ている。呉の胥門《しょもん》（江蘇省呉県城の西南の門）の蔡経《さいけい》の家で、蔡経の弟の妻が出産して数日後だったので、麻姑《まこ》が米を地面に撒いて、汚れを祓う箇所がそれである。

田圃の狸

『捜神記』巻十八には、狸が登場する話が二つ並んでいる。句容県《こうよう》（江蘇省）の麋《び》村の黄審《こうしん》という男が、田を耕していると、一人の女が田のなかを通り過ぎることが、毎日続いた。どこから来たのか、と尋ねても返事をしない。怪しい奴だというわけで、長鎌を用意して、お供の女中に切りつけると、狸に変身して逃げて行った。

呉興（浙江省）のある男に息子が二人いた。あるとき二人が田で働いていると、妖怪が父親に化けて現れたことがあったので、その後、息子たちは田に来た父を妖怪が来たと思って殺してしまった悲劇もあった。この妖怪は古狸であった。

山地民と比べて、水辺や水田の民の場合、訪れた異類と性的関係を結ぶ例の多いのが目をひく。蛟竜、蛇、鳥がその訪問者であり、妻にしそこなったものには田螺もあった。異類のほかに天女や女神もやって来た。悲劇に終わる例が多く、たとえ結婚しても、その幸福は長続きしなかった。水田は、文化と自然あるいは超自然との境界であるが、その境界を越えることは、良くなかったのである。しかしそこで穫れた米には呪力があり、人間から災いを除くこともあったのであった。

ワニと犬

ワニの恋

江南にかんしてはまだ話題が残っているので、もう三章記すことにした。まず水の野獣のワニと陸の家畜の犬を取り上げよう。

人間と性関係を結ぶ動物のなかには、長江下流地域ではワニもいた。『神仙伝』巻六によれば、董奉《とうほう》は福建省侯官《こうかん》の人であったが、のち豫章《よしょう》（江西省）の廬山《ろざん》山麓に帰り住んだ。県令に娘がいたが、魔物に魅入られ、医療も効果がなかった。治療を頼まれた董奉は、もし病気が治りましたら、娘を妻として差し上げましょうという話なので、承諾した。彼は直ちに一匹の長さ数丈もある白い大ワニ〔鼉《た》〕を呼び出した。ワニが陸地を這って、病人の家まで来たところを、董奉は従者に命じて斬らせた。すると娘の病気はたちまち治り、ついに董奉は彼女を妻に迎えた。

これは雄のワニが人間の女に手を出した例だが、逆に人間の男と雌のワニとの関係という例もある。『捜神記』巻十九には鄱陽《はよう》(江西省)の張福という男の話が出ている。彼が船に乗って帰宅の途中、野原のなかの川で、美しい女が自分で笠もかぶらず小舟を操って近づいて来るのを見た。福は、女に雨宿りをしろと、彼の船に誘った。女は福と戯れ、ついに同衾した。女が乗って来た小舟は、福の船べりにもやったままだった。真夜中過ぎ、雨があがり月が出た。福が月明かりに女を見ると大きなワニ(鼉)だった。福が捕らえようとすると、水中に逃げてしまった。女の小舟は長さ一丈あまりの木片だった。竹田晃訳(平凡社東洋文庫)では鼉を亀と訳しているが、ワニのことである。『捜神記』では張福は滎陽《けいよう》(河南省)の人になっているが、『太平広記』巻四六八に引く『捜神記』では鄱陽の人になっているので、ここではそれに従うことにする。

しかし、ワニと亀は近い仲間だったことは間違いない。『捜神記』のすぐ次の話では、丹陽(江蘇省)の道士謝非《しゃひ》が、石城(南京か)の廟にワニと亀が住んでいるのを知り、人々が酒や食物を供えて祭っているのを止めさせ、廟を破壊させた話が出ている。

ワニと亀が同類であることは、『異苑』巻八に載った趙晃《ちょうこう》の話からも窺われる。後漢のとき、姑《こ》蘇《そ》(江蘇省呉県)に一人の男が現れた。白衣、白冠で長身、厳しい顔付きで、六、七人の従者を連れて、住民の家を荒らし回った。攻撃して殺そうとすると、たちまち風雨が襲って来るので、郡の兵隊も攻撃しかねていた。趙晃という道士が、郡の役所に行って、太守に退治を申し出た。趙晃は清浄な水を用意させ、香を焚いて、一声長くうそぶき、手にもった札を投げた。晃は太守に「調べて御覧ください」と言い、太守の使者が門を出ると、もう報告に来るものがいた。「ここから百歩離れた道端に、長さ三丈もある白蛇が首を斬られて死んでいます。六、七人の従者もみな首と胴が離れ離れになっているが、これも亀やワニのたぐい〔黿《げん》鼉《た》之属〕です」と言うのであった。この場合は、巨大な白蛇が大将で、亀やワニはその従者ということになっている。

　蛇、亀、ワニが同類というのは、動物学的に見ても、納得がいく話である。ところが陸上の哺乳動物のなかにもワニと同類のものがいるとなると、大分話が違ってくる。『捜神記』巻三によると、廬江郡舒《じょ》県（安徽省）の韓友は占いが上手で京房《けいぼう》流の厄よけの術を心得ていた。劉世則《りゅうせいそく》の娘が物の怪《け》に憑《つ》かれて病気になり、何年たっても治らなかった。巫女を頼んで祈禱してもらい、壊れた墓や古い城壁などを掘り返したところ、数十匹の狸と鼉（ワニ）を捕まえたが、娘の病状は依然としてよくならなかった。そこで友が占いをし、布で袋を作らせ、娘の発作が起こったときに、袋の口を開けて窓にあてがった。友は戸を閉め、気力をこめて、何かを追い出したが、袋は大きく膨らみ、ついに破裂してしまった。娘の発作はますますひどくなった。友は革袋を二枚作らせ、これを貼り合わせ、前と同様に仕掛けておいた。袋はまた膨らんだので、これを木の枝にかけた。二十日ほど経つと袋は次第にしぼんできた。袋の口を開けて調べてみると、狐の毛が二斤も出て来た。それから娘の病気は治ってしまった。

　これは先に挙げた董奉の話に似ている。最初巫女が祈禱し、狸とワニを捕まえたのは、娘に手を出して病気にさせた動物としてはワニにも嫌疑がかかったことを物語っている。ただこの場合は濡れ衣であって、真犯人は狐だった。そのことは別として、最初巫女の祈禱の結果捕まえたのがワニと狸だったのが面白い。なぜこの二種の動物が一つの範疇に入ったのかは、その理由は私にはまだ分からない。なおこれら長江下流地域のワニには「鼉」という文字が用いられている。恐らく揚子江アリゲーターを表す文字であろう。唐の韓愈《かんゆ》は広東省の潮州で、「鰐魚文《がくぎょのぶん》」を作って、人畜を害するワニを駆逐したが、その場合のワニは「鰐」であって字が違う。動物学的にも別なのであろう。ここではアリゲーターもクロコダイルもみなワニとして同じ範疇に入れておこう。

犬との親密さ

　六朝の小説を読んでいて気づくのは、人間と犬とのあいだの親密な関係が、ことに長江下流や江南において顕著なことである。犬はこの地域でも狩猟に利用されていた。『幽明録』には石頭城（江蘇省江寧県・金陵）で猟人が数十匹の猟犬を連れて通ったことが出ている。また『異苑』巻三・巻八にも東陽郡永康県（浙江省金華）でも犬を連れて猟が行われていたことが出ている。『捜神後記』巻九には呉郡（江蘇省呉県）の話として、男が猟犬を使って猟をし、犬が狐を咬み殺したが、実はこの狐は人間の女を大勢犯していたものであることが分かったことが出ている。これら猟犬の場合よりももっと親密な、一対一の人間とのあいだの関係や、人間のパートナーとしての飼い犬を物語る一連の話がある。

陶製の犬（漢代。河南省新郷出土）

『捜神記』巻二十によれば、太興年間（三一八～三二一）に呉の華隆《かりゅう》は的尾《てきび》という犬を飼っていた。隆が川べりで荻を刈っているとき大蛇に巻き付かれた。犬は大蛇を咬み殺したが、隆は意識を失ってしまった。犬は舟のなかにいた仲間に知らせ、隆は助けられた。犬は主人が息を吹き返すまで、餌を食べようとしなかった。隆は犬をますます愛し、血を分けた肉親もかくやと思われるほどであった。『捜神後記』巻九には晋の太和（三六六～三七一）のころ、広陵（江蘇省揚州）の楊生が飼っていた犬の話が出ている。酔って湿地帯の草原のなかで寝込んだ主人を野火から守るため、犬は水たまりに駆け込んで体の水を周りの草に振り撒いた。周囲の草は濡れ、主人は野火に焼かれないで済んだ。また楊生が夜道で空井戸に落ちたときは、夜明けまで吠え続けた。通りがかりの男が、お礼にこの犬を貰うという条件で楊生を引き上げたが、犬は五日後夜にまぎれて、楊生のところに逃げ帰った。この話のうち、野火から主人を守った話は『捜神記』巻二十にも、襄陽《じょうよう》郡紀南県（湖北省）の李信純の忠犬のこととして出ている。長江の中下流地域に広がっていた伝説モチーフであったのだろう。

このように飼い犬との親密な関係のある場合、それを食べなくてはならない状況は大変な悲劇である。『述異記』（『太平広記』巻四三七）には南朝宋の元徽年中（四七三〜四七七）の石玄度《せきげんたく》の話が載っている。彼の飼っている黄犬が白犬を生み、母犬は子犬を大変可愛がっていた。ところが玄度は重病にかかり危篤になった。医者は白犬の肺を用いよと処方した。市で探したが白犬はなく、仕方なく飼っている白犬を殺し、肺でスープを作った。母犬は子犬の骨を庭の大きな桑の木の下に埋め、毎日この木に向かって哭き、月余にしてやっと止んだ。だが玄度の病気はよくならず、間もなく死んだ。臨終のとき、あの白犬を殺したのがいけなかったと言った。弟は以後、犬の肉を食べないことに決めた。

『捜神後記』巻九には、会稽郡句章《こうしょう》県（浙江省）の張然《ちょうぜん》という庶民の飼っていた烏竜《うりゅう》という忠犬の話も出ている。然が賦役に駆り出され、数年都に行っていたが、留守中、妻は下男と密通していた。然が帰って来たとき、妻と下男は然を殺そうとした。然の「烏竜、かかれ」という命令で、犬は下男に嚙み付き、その陰部を嚙み切った。然は妻を役所に突き出して、死刑にしてもらった。

これは人間のあいだのよこしまな性的関係に犬が結末をつけたわけだが、犬が人間と性的関係を結んだ話が『異苑』巻八に出ている。太元（三五一～三五二）のころ、呉興《ごこう》（浙江省）の沈覇《しんは》の夢に娘が現れて一緒に寝た。このことが続くので仲間のものが様子を窺うと、雌犬が一匹いつも覇の眠るのを待って近づき、寝台の上に寝そべるのであった。これが化け物だろうというわけで、殺して食べてしまった。その後、覇の夢に赤い着物を着た人が現れて、叱り付けた。「わしは娘をお前に添わせようと思ったのだ。もし気に入らなかったら、直接に話してくれればよかったのに、恥辱を与えるとは何たる無礼か。骨を返してくれ」。覇はそこで翌日犬の骨を集めて丘の上に葬った。それ以後、覇の身には何も起こらなかった。江南の犬の文化において、死体の骨が重要なことを、この例も玄度の話と同様物語っている。

それよりも重要なことは、雌犬が人間の男と性的関係をもったことである。これは不幸な結末に終わったが、ここまで来ると、『捜神記』巻十四に出ている盤瓠《ばんこ》伝説まであと一歩というところまで近づいている。雄犬の盤瓠は、高辛氏《こうしん》の娘と結婚して、梁漢《りょうかん》、巴蜀《はしょく》、武陵、長沙、廬江の諸郡の蛮夷の先祖になったのであった。雄犬と人間の女との組み合わせの結果は豊饒性であった。これは東南アジアや中国南部の近代の犬祖神話の大部分にも共通した特徴である。

九州との類似

ワニと人間との関係を犬と人間との関係と比較してみると、ワニはその姿を露出しない限りにおいて、人間に性的に接近することができる。しかしその実の姿が暴露されてしまえば、関係は終わりである。犬と人間との関係は、性的な関係の場合もあるが、飼い主の人間への忠実が大きな特徴である。そして犬はふつうその犬としての姿において、人間と親密な関係をもつ点で、ワニとは大きく違っている。

江南におけるワニや犬と人間との関係は、日本古代の伝承に連なるものをもっている。

ワニを見よう。『古事記』の海幸山幸《うみさちやまさち》神話では、豊玉毘売《とよたまびめ》は山幸彦の子を生むとき、《本《もと》つ国の形》になった。つまり八尋鰐《やひろわに》となって「匍匐《は》ひもこよひき」という有り様だった。これを夫に盗み見された豊玉毘売は海神の宮に帰ってしまい、夫婦は別れてしまった。また『肥前国風土記』佐嘉《さか》郡《こおり》の条によると、川上に世田姫《よたひめ》という石神《いしがみ》がいる。海神、実はワニが毎年川を溯って世田姫のところに来る。そのとき海の底の小魚がたくさん付いて来る。これらの魚は二、三日すると還って海に入る。女神に通うワニもいたのである。

しかし中国と日本では違いもある。六朝小説ではワニは決して好意的には描かれていない。嫌悪の対象である。しかし日本古代では、ワニにたいする感情はもっと親密だった。

『出雲国風土記』意宇《おう》郡安来郷《やすきのさと》の条に出ている、語臣猪麻呂《かたりのおみいまろ》の娘が和邇《わに》に殺され、猪麻呂が復讐した実録的な話を除くと、伝承的な話では、ワニにたいする悪感情は見られない。豊玉毘売の場合も、夫が妻のワニの姿に嫌悪を催したのではなく、妻が見られたことを恥じて、海中に帰ってしまったのである。夫は未練がましい歌さえ詠んでいる。

犬との関係から言うと、これも海幸山幸神話に例がある。『日本書紀』巻二・一書第二によると、弟が珠《たま》を使って起こした高潮に悩まされた兄は、弟に臣従することになった。それが兄の火酢芹命《ほすせりのみこと》の子孫である隼人《はやと》が後世まで天皇の宮墻《かき》の傍らを離れず、天皇の御代御代に狗《いぬ》の吠える真似をして奉仕する由緒である。面白いのは、ワニにしろ犬にしろ、江南との類似を示すのが九州、ことに南九州の隼人の地であることである。

江南の文化が日本の基層文化と深くかかわっていることは、すでによく知られている。詳しく見ると、その関係は複雑だが、そのなかには古代九州の文化との繋がりを示唆する特徴もあることは見逃せない。

怪しい動物たち

犬の呪力

犬の話はまだ終わらない。べつに私が犬好きなのではなく、江南の話に犬の登場が多いからである。

前章で、白犬のスープを薬にする話があったが、白犬には特別の効能があると思われていたらしい。別の例として『捜神記』巻三に載った話がある。会稽《かいけい》（浙江省）の厳卿《げんけい》は占いが得意だった。同郷の魏序《ぎじょ》が東に旅行する前、卿に占ってもらった。卿は「災難があるから行くな、もしどうしても旅を中止できないなら、厄よけが必要だ。西の郊外の後家さんのところから白い牡犬《おす》をもらって来て、船の舳先《へさき》につないでおけ」と言った。しかし白犬は見つからず、ぶち犬しか手に入らなかった。卿は「ぶちでは厄をはらいきれない。少しは厄が残るが、せいぜい畜生に及ぶだけだろう」と言った。

序が旅に出ると、途中でいきなり犬が誰かに殴られているように吠え出した。しばらくして見ると、犬は黒い血を一斗あまり吐いて死んだ。その夜、序の別荘で白い鵝鳥《がちょう》が数羽、原因不明で死んでしまった。しかし序の家族には何もなかった。

繁栄をもたらす犬もいた。『捜神記』巻十二に地中の犬の話が二つ載っている。晋の恵帝の元康年間（二九一～二九九）に呉郡婁《ろう》県（江蘇省）の懐瑤《かいよう》の家の地下で犬の啼き声が聞こえた。掘ると雌雄一匹ずつの犬の子が出て来た。土地の古老は「これは犀犬《さいけん》という名で、これを捕まえた人の家を繁栄させるから、育ててやれ」ということであった。犬はまだ目もあいてなかったので、穴のなかに返したところ、姿を消してしまった。結局、瑤の家には、別に禍も福もなかった。

太興年間（三一八～三二一）に呉郡の太守張懋《ちょうぼう》の書斎の床下から犬の子二匹が出て来た。育てたが二匹とも死んでしまった。その後、懋は呉興（浙江省）の沈充《しんじゅう》という兵士に殺されてしまった。大地的な性格をもつ犬は、その飼い主の運命の指標なのである。

こうして見て来ると、江南の犬が予言をするようなことがあっても、一向不思議ではない。『捜神記』巻七によれば、永嘉五年（三一一）、呉郡嘉興県（江蘇省）の張林の家で、突然犬が口を利いた。「天下の人々はみな飢え死にするぞ」と言うのである。果たして二人の胡人（石勒《せきろく》と石虎《せきこ》）が乱を起こし、天下の人々は飢餓に苦しんだのであった。

犬はまた供犠にも用いられた。『異苑』巻五によると、烏傷《うしょう》（浙江省義烏）の陳氏の未婚の娘が神になった。楓《かえで》の大木にのぼり、「私は神様になる。左が灰色、右が黄色になったとき、しばらくの間、家に帰って来ます」と言って、昇天し、神となった。灰色と黄色の意味が分からない家族は、毎年、春には灰色の犬、秋には黄色の犬を犠牲として、楓の木の下で娘を祭った。

不気味な犬

犬は人間によいことばかりしているのではない。動物のくせに人間にあまり近寄り過ぎており、アンビヴァレントな存在である。不気味な面もある。鄱陽《はよう》（江西省）の趙寿《ちょうじゅ》が犬蠱《けんこ》（犬を使って人に害を与えるもの）をもっていたと『捜神記』巻十二は記している。陳岑《ちんしん》が寿を訪れると、いきなり大きな黄色い犬が六、七匹群れをなして出て来て岑に吠えついた。のち余相伯《よしょうはく》の妻が寿の妻と一緒に食事をしたところ、血を吐いて、いまにも死にそうになったが、桔梗《ききょう》を刻んで飲ませると快癒した。

「蠱《こ》に怪物あり、鬼《き》の若《ごと》く、その妖形変化、雑類殊種にして、或いは狗豕《くし》（イヌやブタ）と為《な》り、或いは虫蛇と為る。その人皆自らはその形状を知る。これを百姓《ひゃくせい》に行かせば、中《あた》るところ皆死ぬ」

江南から外に出ると、犬は一層不気味な存在になることがあった。『捜神後記』巻九には林慮山《りんりょざん》の下の亭の話がある。林慮山とは隆慮山のことで、河南省も北端に近い林県にある。この亭に宿る者は皆病死したという。あるとき十余人の男、女がいりまじって博奕《ばくち》をしているのを見たものがいた。彼らは白や黄色の衣服を着ていたと伝えられた。郅伯夷《しつはくい》という男がそこに宿って、燭《ともしび》をともして経を読んでいると、夜中に十余人が集まって来て、彼と列《なら》んで座を占めた。やがて博奕の噂を始めたために、伯夷はひそかに燭をさしつけて窺うと、彼らの顔はみな犬だった。そして燭を執って立ち上がるとき、彼は粗相のふりをして、燭の火を彼らの衣服にこすりつけた。衣服の焦げる臭いは、まるで毛を燃やすようで、彼はもう疑うまでもないと思った。伯夷は懐刀を抜いて、やにわにその一人を突き刺すと、初めは人のような叫びをあげたが、やがて倒れて犬の姿になった。それを見て、他のものどもは逃げて行った。

鳥類と霊魂

家畜のなかでは、犬ばかりでなく鶏も飼い主と神秘的な関係がある場合があったらしい。『捜神後記』巻三（『太平広記』巻三二七では『続捜神記』として引く）によると、東晋の董寿《とうじゅ》が誅されたとき、夜中だったので家族はまだそれを知らなかった。董の妻はその夜、ただ一人座っていると、そばに夫が立っているのに気づいた。夫は無言で溜め息をついていた。怪しんだ妻がいろいろ聞いても、夫はまったく答えず、無言のままそこを出て、家に飼ってある鶏籠《とりかご》のまわりを繞《めぐ》って行くと思うと、籠の鶏がにわかに脅えたようにけたたましく叫んだ。妻はいよいよ怪しんで、火を照らして窺うと、籠のそばにおびただしく血が流れていた。さては凶事があったに違いないと、母も妻も一家こぞって泣き悲しんでいると、果たして、夜が明けてから、寿の死が伝えられた。

ここで思い出すのは『斉諧記《せいかいき》』(『太平広記』巻四六一)に出ている次の話である。広州(広東省・広西自治区)の刺史が親の喪にあって家に帰ったが、長男を元嘉三年(四二六)に病気のために亡くしてしまい、四年後には次男も病気にかかってしまった。ある人が雄鶏を一羽、棺のなかに入れておけと教えてくれた。棺に入った雄鶏は、毎朝、夜が明けるころ棺のなかで鳴いた。その声はうら悲しくて、よく響いた。一月たつと声は聞こえなくなった。この刺史の故郷が広州の内か、どこか分からないが、いずれにしても江南か、それよりも南の地域であろう。鶏と死との関係は面白いテーマかも知れない。

家禽ではないが、面白い鳥の話が『捜神後記』巻一に載っている。会稽郡剡県《せん》(浙江省)の庶民の袁相《えんしょう》と根碩《こんせき》の二人が山中に狩りに行き、二人の娘に出会い夫婦となった。しかし男たちは望郷の念に駆られて、こっそり帰りかけると、女たちが追いついて来た。女は腕に結び付けた袋を根碩に渡し、「これを開けないように気をつけなさい」と教えた。家に帰って根碩が外出している間に、家の者が袋を開けて調べた。袋は蓮の花のようになっていて外側を開くとなかにまた袋があった。

五重目まで開けたとき、なかから青い小鳥が出て飛び去った。根碩は帰宅してこれを知り、残念そうな顔をするだけだった。その後、根碩が畑仕事をしていたとき、家族が昼食を運んで来た。碩は畑のなかに立ったままで動かなかった。そばへ寄ってみると、彼の体は蟬の脱け殻も同然だった。

この話はいろいろな点で面白い。第一に、日本の浦島太郎のような話で、超自然的な時間の経過というモチーフはないが、女から「開けるな」と言われて貰った袋は、浦島の玉手箱を思い出させる。第二に、この鳥が飛び去り、根碩はもぬけの殻になって死んでしまったというのは、霊魂の鳥の表象を物語っている。霊魂を相手の専門家である越の巫覡《ふげき》の先祖が冶鳥《やちょう》という鳥だったことが思い出される。ただ冶鳥は青いのではなく黒い鳥だった（『捜神記』巻十二）。第三に、霊魂の鳥が袋に入っていたというのは、体外の物体のなかに霊魂が隠されているという表象で、これは内陸アジアの遊牧民の叙事詩などによく出て来る。この表象が江南にあったのは興味深い。

霊魂は鳥の形をとるとは限らない。『述異記』（『太平広記』巻三二七）には、南斉の武帝のとき、尚書省の令史（書記）だった馬道猷《ばどうゆう》の話が出ている。永明元年（四八三）、道猷が役所で執務中、大勢の亡霊〔鬼《き》〕が目の前に現れて来た。彼の目には見えたが、他の者には見えなかった。やがて二人の亡霊が道猷の耳のなかに入り、彼の魂を押し出し、魂は屐《げき》（下駄）の上に落ちた。道猷には見えたが、他人には見えなかった。道猷は、魂は蝦蟇《がま》のような形をしていると言った。そして、「魂は体から出てしまい、亡霊はまだ耳のなかにいるから、もう助からない」と言った。他人が彼の耳のなかを見ると腫れ上がっていた。彼は翌日死んだ。

この話の舞台は、内容から見て建康（南京）に違いない。亡霊が道猷の耳から入って、魂を押し出したというから、この場合、魂の所在は頭のなかで、恐らく口から出たのではないかと思われる。日本でも『宇津保物語』俊蔭《としかげ》の巻を見ると、魂は口から出入りすると考えられていたから、似たようなものである。それにしても魂の形が蝦蟇のようだったとは、面白い問題が潜んでいるかも知れない。

亡霊の話が出たから、ついでに『甄異記《しんいき》』（『太平広記』巻三二五）に載った例に触れておこう。譙《しょう》郡（安徽省）の夏侯文規《かこうぶんき》の話では、亡者は、東南に枝が延びて、二尺八寸になり、太陽の方向を向いている桃の木を怖がる。またニンニクも苦手で、地面に落ちているニンニクの皮も嫌うとのことである。

動物なのか人間なのか正体不明な存在もあった。『異苑』巻五に載っている丹陽県（江蘇省）の話では、袁双《えんそう》の霊が廟を建てることを要求し、建てたら虎の乱暴が止んだ。「今道俗《どうぞく》常に二月晦《みそか》を以て鼓舞祈祠《こぶきし》す」。その日には急に風雨が襲うという。双の神霊は人面亀身で、葛《かずら》で作った頭巾をかぶり、顔の七つの穴は然るべき位置にあり、酒気を帯びていたという。

魚腹中の刀

魚で面白いのは、失われた刀が魚の腹中から発見されたという伝説である。『捜神後記』巻二によると、銭塘《せんとう》（浙江省）の杜子恭《としきょう》は、隣家の某から瓜を割く刀を借りたことがあった。某は商用で旅に出ることになり、子恭に刀の返却を求めたが、「すぐお返しします」とばかりだった。某は旅に出た。彼の船が嘉興（浙江省）まで来ると、一匹の魚が船のなかに飛び込んで来た。その腹を割くと、杜子恭に貸した刀が出て来た。

『捜神記』巻四では話はこうなっている。宮亭湖（江西省鄱陽湖の南の部分）のほとりの孤石廟《こせきびょう》の前をある行商人が都の建康（南京）へ行く途中に通りがかった。二人の美しい少女が現れ、お礼をするから、都で糸で作った鞋を買って来て欲しいと頼んだ。行商人は建康で鞋を二足買い、綺麗な箱も買ってそれに入れた。また自分のために買った小刀もその箱に入れた。帰途、行商人はこの箱を廟に供え、香を焚いた。行商人はそれから船に乗って川の中ほどまで来たとき、廟に供えた箱のなかから小刀を取り出すのを忘れていたことを思い出した。すると突然、一匹の鯉が船のなかに飛び込んで来た。その腹を割いてみると、忘れてきた小刀が出て来た。

『捜神記』にはこのすぐ次に、宮亭廟の話があり、犀《さい》の角で作った簪《かんざし》が廟神に取られてしまったが、石頭城（南京西部）に来ると、長さ三尺もある鯉が船に飛び込み、その腹から簪が出て来たことになっており、同じモチーフが簪に転用されている。しかし剣のほうが水中の動物とより密接な関係をもっているように見える。

同じ系列に入れてよい話は他にもある。『晋書』列伝六の張華伝によると、雷煥《らいかん》は星のなかに二振りの宝剣の精があることを発見し、それが地上のどこに埋められてあるかを指摘した。石の箱から出て来た竜泉《りゅうせん》、太阿《たいあ》の二振りの剣のうち一本を煥は貰った。雷煥の息子がこの剣をもって延平の津《しん》（福建省）を横断しようとすると、剣は自分で鞘《さや》から飛び出して川のなかに飛び込んでしまった。もう一本もまもなく姿を消した。これを捜してみると、長さ二、三丈もある二匹の竜が絡み合っていた。二振りの剣は竜に変身し、また一緒になったのであった。

私は、これらの魚の体内から出て来た刀の話や水中の竜に変身した剣の話は、我が国の八岐大蛇《やまたのおろち》の尻尾から天叢雲剣《あめのむらくものつるぎ》が出た神話と無関係ではないと思っている。

巫女と女神

託宣と死霊

巫女《ふじょ》の活躍は江南でも盛んであった。なかには特定の神を祀り、特定の祠《ほこら》に仕える巫女もいた。『捜神記』巻四には、豫章（江西省）の戴侯祠《たいこうし》の伝説が出ている。戴氏という娘は長患いにかかった。彼女は人形のような石を見つけ、これに「お前は神様ではないか、私を治してくれたら大事にするよ」と言った。この石のお蔭で彼女の病気は治り、山の麓に祠を建てて祀った。戴氏は巫になった。そこでこの祠を戴侯祠と呼ぶようになった。

巫女の話では、ことに託宣を伝える例が多い。たとえば『捜神記』巻四には宣城郡（安徽省）に怪獣が現れた話が出ている。大きさは水牛くらい、灰色で、脚は短く、象の脚に似ていて、胸もとと尾は白い。大力だが動作はのろい怪獣だった。郡の役人が土地の神に参詣して、この怪獣をとり殺すように祈願した。すると巫が神の思し召しを伝えた。それによると、廟神はご機嫌斜めであって、この動物は驢鼠《ろそ》といい、実は郱亭《きょうてい》（安徽省）の驢山《ろざん》の神の使いで、荊山《けいざん》まで来たついでに立ち寄ったのだから、あれを殺してはならぬ、との仰せだった。

神の託宣の例は『捜神記』巻五にもある。広陵（江蘇省）の人、蔣子文《しょうしぶん》は死後土地の神になった。夏に疫病が大流行したとき、子文は巫祝に憑《の》りうつって、「これからは孫氏（孫権）のために力を貸してやろうと思う。私のために祠を建てろ。さもないと虫を耳のなかに飛び込ませて、災いを起こすぞ」と言った。事実、虫が多くの人の耳に入り、入った人はみな死んでしまった。しかし孫権はまだ信用しないでいた。すると子文はまた巫祝に憑りうつり、「私を祭らないと大火事を起こすぞ」と言った。果たして、その年は火事が続発し、孫権は子文を中都侯に封《ほう》じ、子文の廟を建てさせた。すると災害は止んだ。

巫の職務には、死霊の同定もあった。『捜神記』巻二によると、呉の孫峻《そんしゅん》は朱主（孫権の娘）を殺して石子岡《せきしこう》に埋めた。呉の第四代の帝帰命《きめい》が即位したときに、朱主を改葬しようとしたが、たくさん墓があって、どれが主の墓か分からなかった。そこで二人の巫を別々のところに座らせ、それぞれに主の亡霊の様子を眺めさせた。ただ観察するだけで、近寄ってはいけないと申し渡した。二人の巫の報告は同一であった。「年のころ三十あまりの女が髪を青い錦で包み、紫の袷《あわせ》に白の裳《も》を着て、足には厚絹の靴をはき、石子岡を半分ほど上って行った。そして手を膝にあて、長いため息をついた。また上り、ある墓のところに来て、立ち止まり、しばらく歩き回って姿を消した」と言うのであった。その墓を掘り返すと、現れた衣服は巫の見たとおりであって、また宮女の記憶していたとおりであった。

亡霊の同定は男の覡《げき》もやった。『捜神記』巻二には呉の孫休（景帝）が病気になり、覡視者を探したことが載っている。一人見つかったので、まずその術を試してみた。鵞鳥《がちょう》を殺して庭に埋め、その上に小さな屋根をつけ、台をしつらえて、女物の靴や衣類をのせておいた。そして覡に「この墓のなかの女の亡者の姿形を述べることができたら、褒美をやり、お前を信用しよう」と言った。しかし覡は一日中何も言わなかった。帝が尋ねると、「亡者は見えず、ただ白い頭の鵞鳥が一羽墓の上に立っているのが見えるだけだ」と答えた。

男の覡の話が出たついでに、もう一つ男の例を挙げておこう。『異苑』巻十に会稽の上虞《じょうぐ》（浙江省）の曹娥《そうが》の話が載っている。父の盱《う》は「能く絃歌《げんか》して巫を為す」。五月五日に川を溯り、婆娑神《ばさしん》を迎えに行き、途中で溺れて死んだ。ところが死骸が見つからないので、十四歳の娘曹娥が、父を求めたが、七日目に彼女は川に身を投げて死んだ。三日後、二人の死骸はともに浮かび上がった。これは男の巫の活動がどのようなものであったかについて、示唆を与えてくれる。『捜神記』巻十七、三国呉のころの嘉興県（浙江省）の倪彦思《げいげんし》の話には道士が出て来る。家に住み着いた化け物を追い払うために、道士は祭壇に向かって太鼓を打ち鳴らして、神々を呼び降ろそうとした、というから、この場合は神降ろしの手段は絃歌ではなくて太鼓である。丹陽県（江蘇省）でも道俗は鼓舞して祈ったし（『異苑』巻五）、会稽郡鄮《ぼう》県（浙江省）にも鼓舞して神降ろしをする者がいた（『捜神記』巻五）。これらも大体男であろう。

非業の死を遂げた女たち

六朝の小説を読んでいて気がつくのは、女が死んで、多くは非業の死を遂げて、神になるという話が多いことである。

たとえば『異苑』巻五には秦のころ丹陽県（江蘇省）の湖のふちに梅姑《ばいこ》（あるいは麻姑《まこ》）を祀る廟があった。梅姑は生前道術を会得したが、婿に殺され、死体は川に投げ込まれた。死体はこの廟のところに流れ着き、巫に憑り移り、遺骸を葬ってほしい、ただし墳墓を築いて埋葬するには及ばないと言った。これがこの廟の起源である。堂の下に、上部が方形をなした漆塗りの棺が安置してあった。晦朔《かいさく》の日、つまり毎月の晦日《みそか》と一日には、水上の霧のなかに履物をつけた梅姑が見える。廟の付近では魚を取ったり猟をしてはならなかった。禁を犯すと、道に迷ったり、水に溺れた。巫の説明によると、梅姑は非業の死を遂げたので、ものが殺されるのを憎むのだという。

『捜神記』巻五には丁姑《ていこ》の話が出ている。淮南《わいなん》郡全椒《ぜんしょう》県（安徽省）に丁氏と呼ばれる嫁がいた。丹陽（江蘇省）の丁家の娘で、十六歳で全椒県の謝という家に嫁入った。しかし、姑が大変厳しく、ノルマをきめてこき使い、それに達しないとひどく鞭打つのであった。丁氏はついに辛抱しかねて、九月九日に首をくくって死んでしまった。その霊魂は巫女の口を借りて「九月九日を嫁の休日にして、嫁を使うことを避けよ」と託宣した。

丁氏はその後縹《はなだ》色の衣に、黒い笠を着け、侍女を一人連れて牛渚《ぎゅうしょ》の渡し場に来た。二人の男が舟で釣りをしていたが、丁氏が乗せてくれと頼むと、二人の男は「おれの女房になるなら乗せてやる」とからかった。丁氏は怒り、「お前たちが人間なら泥に突っ込んで殺してやる」と言った。一人の老人が葦《あし》を一杯積んだ舟を漕いで通りかかった。丁氏の乞いに応じて、葦を半分出し、じかに舟縁に触らぬように場所を作って渡してやった。舟が南岸に着くと、丁氏は老人に礼を言って別れた。老人が西岸まで戻ると、二人の男が溺れているのを見た。またしばらく行くと、何千尾という魚が水際で跳ね、風に吹かれて岸へ躍り上がった。老人はそこで葦を捨てて魚を満載して帰った。

丁氏はこうして丹陽に帰ったが、江南の人々はこれを丁姑と呼び、九月九日には仕事をせず、休日にした。いまでも方々でこれを祀っている。

東陵聖母の伝説は『神仙伝』巻七（『太平広記』巻六十）に載っている。東陵聖母は広陵の海陵（江蘇省泰県）の人だった。杜《と》氏に嫁いで劉綱《りゅうこう》を師として道術を学び、出没自在に形を易《か》えて変化することができた。夫の杜氏は仙道などというものを信用せず、いつもこれを怒っていた。聖母は病を治し人助けをしていたが、訪ねて来る人でもあると、夫はますます腹を立て、これをお上に訴え出た。「聖母は怪しからぬ女で、家事を見ようともしない」というのであった。役人は聖母を捕らえて獄に投じた。すると間もなく、彼女が獄窓から飛び去るのを衆人が目撃した。ずんずんと高く雲のなかに入って行き、あとには履いていた履物一足が窓の下に遺されていた。

これから遠近のものが廟を建てて祀るようになり、人々に信仰された。祈願すればあらたかな効験があった。礼拝所にはいつも一羽の青い鳥がいた。何かをなくして、その行方についてお伺いを立てる人がいると、すぐに青い鳥が物を盗んだ人の上に飛んで行くので、路上の落とし物を拾う人もなくなり、この状態がかなり後まで続いた。今日に至るまで海陵県内では不義や窃盗などはできない。犯人はひどい場合には、風波に溺れたり、虎や狼に殺されたりするし、軽いものでも即座に病気になるということである。

非業の死を遂げた女が女神になるという信仰は、江南ばかりでなく、山東にも広がっていた。『異苑』巻五（『太平広記』巻二九二）に載っている紫姑《しこ》神の話がそれである。紫姑はもとある家の妾だった。本妻に嫉妬され、便所や豚小屋の汚い仕事ばかりさせられていたため、思い余って、正月十五日に首をくくって自殺した。だからこの命日には、この神の像を作って祭り、夜中に便所や豚小屋のあたりに行って神降ろしをする。そのとき「子胥《ししょ》（夫の名）は留守、曹姑《そうこ》（本妻）も里帰り、紫姑さん、遊びにいらっしゃい」という呪文を唱えて呼ぶ。神像をもっている人の手が重たくなってきたら、神が下って来たしるしである。そこで酒肴を供えると、神像の顔は明かりに照らさ

紫姑神（『三教源流捜神大全』）

れて輝き、やがて踊りだしてやまなくなる。そのときいろいろなことについてお伺いを立て、農事や養蚕について予言をしてもらう。

この神はものをあてるのがうまい。機嫌のいいときは、盛んに踊るが、機嫌の悪いときは、仰向けに寝てしまって、何を聞いても答えない。平昌《へいしょう》の孟《もう》は、この神を信ぜず、神像をもって出たところ、神像はひとりで飛び上がり、屋根を突き抜けて姿を消した。

この伝説には平昌という地名が出てくる。山東省安丘県であると思われるから、山東の伝説ではないかと思われる。宗力・劉群の『中国民間諸神』（河北人民出版社、一九八六年）に引かれた『顕異録』は、何時の本か私は知らないが、それには「紫姑は萊陽《らいよう》の人、姓は何《か》、名は媚《び》、字《あざな》は麗卿《れいきょう》。寿陽の李景納《い》れて妾と為す。其の妻これを妬《ねた》み、正月十五に厠中《しちゅう》に陰殺す。天帝これを憫《あわれ》み、命じて厠神《ししん》と為す。故に世人其の形を作り、夜厠門に迎え祀り、以て衆事を占う。俗に呼んで三姑と為す」とある。これを見ても、彼女は山東（莱陽）の生まれで、山西（寿陽）に妾に行ったことになっているから、やはり山東の伝説であろう。

ここで注目すべきことは、これらの非業の死には型があることである。郷里を離れて他姓の男と結婚し、あるいはその妾となった女が、夫あるいは姑との関係が悪くなって死ぬことになった。そして死後彼女は郷里において神として祀られるようになった、という型である。つまり女と姻族や他郷との緊張関係、それに反して郷里、そして恐らく同族との親近性が全体を貫いている。同姓不婚の制度は周代以来、中国の親族組織の根幹をなしてきた。しかし、これがなぜことに江南から山東にかけての地において女神の起源伝承を生み出すことになったのかは、興味深い問題である。この解答には、この時代あるいは先行した時代における親族関係の地域差の立ち入った分析が必要であろう。

女の霊力

どういう死に方をしたのかは不明な女神もいた。『捜神記』巻四によると、呉県（江蘇省）の張成が、ある晩起き上がって見ると、一人の女が家の南の角に立っていた。女は成を手招きして、「ここは貴方の家の蚕室《さんしつ》ですね。私はここの土地の神です。来年の一月十五日になったら、お粥を作り、中に豚の脂《あぶら》を落としておきなさい」と声をかけた。以来、年々蚕は大当たりだった。現在の膏糜《あぶらがゆ》は、これにちなんで作られたものである。

江南では女の霊力は男のそれを上回る場合があった。『神仙伝』巻七（『太平広記』巻六十）に出ている樊《はん》夫人がその例である。上虞《じょうぐ》（浙江省）の県令劉綱の妻であった。夫婦は余暇にはよく術比べをしたが、いつも夫人のほうが勝っていた。その一つを見ると、劉綱が大皿に唾を吐くと、たちまち鯉になった。夫人が大皿に唾を吐くと、それは獺《かわうそ》になって、魚を食べてしまった。最後に、夫婦が昇天するときも、県庁の傍らに皀莢《さいかち》の大木があって、劉綱はこの木を数丈も攀じ登り、やっと飛び上がることができた。ところが夫人は平座したまま、雲の立ち上るように、徐々に上がって、一緒に昇天して行った。上虞は浙江省にあるばかりでなく、劉綱は下邳《かひ》つまり江蘇省邳県の人であるから、これは江南の話である。ここで面白いのは、相手がある動物に変身すると、こちらはそれに勝つ動物に変身して闘うモチーフがここに見られることである。高句麗の始祖の朱蒙《しゅもう》の伝説（『旧三国史』）にも出ているモチーフであって、内陸ユーラシアの牧畜民文化で発達したものと思われる。そのモチーフが江南では女の優れた霊力の説明に利用されているのである。江南の文化におけるこの種の北方的要素も面白い問題である。

楚蜀の民俗

ナレズシと金牛

水稲耕作文化の食生活

江南に続いてまた三章ほど、今度は長江の中流と上流の民俗を探ることにしたい。

長江の中流地域と言えば、古代の楚《そ》の地域である。六朝小説には当時のこの地域の生活様式全体を再構成するだけの資料はないが、それでも生活や文化のいろいろな面についての情報がある。たとえば、女性の仕事の例も挙がっている。江夏郡安陸県（湖北省）では桑の木の下で、簪《かんざし》を挿し、腕輪を着けた姿で葉をつむ娘がいた（『斉諧記』、『太平広記』巻四二六）。また長沙（湖南省）では江岸で衣を濯ぐ娘もいた（『捜神後記』巻十、『太平広記』巻四二五）。もちろん、男の活動についての方が、記事ははるかに豊富である。その一つ、狩猟活動については、馮乗《ひょうじょう》県（湖南省）の虞蕩《ぐとう》という男が、ある夜、猟に出掛け、大きな鹿を見かけて射た。するとその鹿が「お前は俺を射殺す気か」と言った。明け方、彼は鹿を一頭しとめて帰ったが、敷居をまたぐと同時に死んでしまった（『捜神記』巻二十）。狩人が単独で夜、鹿を射る猟の仕方があったことが語られている。これに反して、桓《かん》車騎（桓沖《かんちゅう》）が上明城（湖北省松滋《しょうじ》県）に駐屯しているとき狩猟したというのは、生業のためではなくて、むしろ娯楽としての狩猟であろう（『世説新語《せせつしんご》』第三十三）。農耕については、西陽（湖北省黄岡県）で、旱魃のとき、飢えた民が畑の麦を盗んだ話があるから（『顔氏家訓』第十六）、麦を作っている地域もあった。また同じ湖北の江夏郡安陸県では、ある家の裏門のあたりに韮《にら》を三畝《うね》、大蒜《にんにく》が一畝植えられていた（『斉諧記』）。

しかし、長江中流地域においては生活の基礎としてはむしろ水稲耕作が広く行われていた。湖北省江夏では、陸社児《りくしゃじ》という農民は川のほとりの田に稲を植え、日が暮れてから家に帰るのであった（『九江記』、『太平広記』巻四二五）。また収穫後の冬のことであろうか、『捜神記』巻二十には、湖北省の襄陽《じょうよう》郡紀南県で太守の鄭瑕《ていか》が猟に出て、田の草が茂っているのを見て、従者に命じて火をつけさせた話がある。

農業ことに水稲耕作には、水が必要である。必要なときに雨が降らなければ雨乞いをすることになる。『捜神記』巻十三には、樊口《はんこう》（湖北省）では、旱魃のときには、火を放って山を焼くとすぐに大雨が降って来ることが出ている。同様に山を焼く雨乞いは、時代は少し後になるが、唐の段成式の『酉陽雑俎《ゆうようざっそ》』巻十四諾皐記《だくこうき》上に太原（山西省）の崖山《がいざん》についても出ている。だからこの形式の雨乞いは、中国ではべつに水稲耕作地帯に限られているわけではない。しかし東アジア全域の雨乞いを眺めて見ると、朝鮮半島南部、日本列島、ことに西日本において、山の上で盛んに火を焚いて雨乞いをすることが近年まで行われていたことを思い出す。我が国では千把焚《せんばた》きという名前で知られていた方法である。これはその分布から見て、東アジアの水稲耕作に結び付いた雨乞いであると言ってよい。樊口の例はこの系列に入る古い事例として私は注目している。

長江中流の生活をもう少し見よう。食生活について面白い記事がいくつかある。まず米を使った食品としては、梁の呉均《ごきん》の『続斉諧記《ぞくせいかいき》』に五月五日の粽《ちまき》の由来が出ている。屈原《くつげん》が五月五日に汨羅《べきら》水（湖南省）に身を投げたので、楚の人たちはこれを哀れんだ。この日になると竹筒に米を入れて、水に投げて屈原を祭った。後漢の建武年間（二五〜五六）に長沙（湖南省）の區曲《おうきょく》は白昼、みずから三閭大夫《さんりょたいふ》と称する士人に逢った。三閭大夫とは楚の官名で屈原はこの職にあった。士人は「いつも祭ってくれてありがとう。ただ供物はいつも蛟竜《こうりゅう》に横取りされてしまう。楝《れん》（おうち）の葉でその上をふさぎ、彩糸で巻いてくれればありがたい。この二つは蛟竜の苦手のものだ」。曲はこの言葉に従った。いま五月五日に粽を作り、また楝葉と五色の糸で帯のように巻くのは、みな汨羅の遺風である。これが『続斉諧記』の記事である。言うまでもなく、我が国でも端午の節句に粽を食べることがいまも盛んだが、もともとは長江中流の習俗だったのである。

六世紀の梁の宗懍《そうりん》の『荊楚歳時記《けいそさいじき》』では粽を食べるのは夏至の日になっている。宗懍は江陵（湖北省）の人だから、楚のなかでも江陵と汨羅とでは地域差があったのかも知れない。それはともかく『荊楚歳時記』は周処《しゅうしょ》の『風土記《ふうどき》』を引いて、新竹をもって筒粽を作り、楝葉を頭に挿し、五色の糸を臂《ひじ》にかけ、これを長命縷《ちょうめいる》という、とある。守屋美都雄は、もともと夏至の行事だったのが五月五日の行事になったのであろうと考え、華北には生えない竹や楝葉を用いる夏至行事は揚子江流域以南の独自の行事と解してよいだろうと解釈した（『荊楚歳時記』平凡社東洋文庫）。大変もっともな説である。『荊楚歳時記』にはその他、五月五日には競渡（ボートレース）をしたり、薬草を摘んだり、菖蒲《しょうぶ》酒を飲んだりしたことも出ている。

『荊楚歳時記』に出て来る食品としては、仲冬《ちゅうとう》の月つまり十一月に作る漬物も面白い。霜の降った蕪菁《かぶら》、葵《あおい》を摘み取り、干して塩や酸につけて保存したのであるが、「今、南人、鹹菹《かんそ》を作るに、糯米《だまい》（もちごめ）を以て熬《い》り擣《つ》いて末《まつ》となし、あわせて胡麻汁を研《と》ぎ、まぜてこれを釀《かも》し、石窄《せきさく》（石で押ししぼり）して熟せしむ」とある。もち米を入れて発酵させた漬物ということであろう。

『神仙伝』巻九に出ている蘇仙公《そせんこう》の話によると、彼は桂陽（湖南省）の人で、幼いときは貧しかったので、牛飼いをした。庭には井戸があり、軒端には橘の木が生えており、山には桂や竹が生えており、便県（湖南省）の市では鮓《さ》つまりナレズシも売っており、おかずとして食べられていた。ここでナレズシが出て来るのが面白い。二世紀末に鄭玄《じょうげん》が『周礼《しゅらい》』天官篇につけた注でもすでに荊州《けいしゅう》（湖北省）のナレズシ（鮭魚《さぎょ》）が常と異なる食品として注目されていた。漢末の劉熙《りゅうき》の『釈《しゃく》名《みょう》』に鮓を説明して、塩と米とで魚を醸し漬物とし、熟れたら食べる、と記しているように、ナレズシもまた米を利用した食品なのである。つまり、鮓は、「魚を塩につけ、これを米飯の間に挟んで数週間圧石をし、飯が乳酸発酵をおこし、その乳酸によって酸くなった魚をたべるもの。わが国の滋賀県のふなずしがそれで、このようにして作る鮓を総称して馴れずしという」（篠田統『中国食物史』柴田書店）。

そして石毛直道によればナレズシは水田耕作、水田漁労を背景として発生した食品加工法であって、水稲耕作とともに広がり、また日本にも入って来たものという（石毛直道、ケネス・ラドル『魚醤とナレズシの研究』岩波書店、一九九〇年）。つまり雨乞いの方法ばかりでなく、粽とナレズシというように食文化においても長江中流地域は日本に連なる水稲耕作文化の特徴をもっていたのである。

魚といえば膾《なます》にしても食べられていた。『世説新語』第二十三には、張玄《ちょうげん》という男が、公用の使者として船で荊州から江陵へ行く途中、陽岐《ようき》村（湖北省江陵県）で、一人の男が生魚を小籠に容れたのをもち、「魚があるので船を拝借して膾を作りたい」と頼んだ。こういう船には膾を作る道具が備えてあったのである。この男は荻を刈っていて、魚を捕ったのだという。魚については、江陵の劉氏は鱓《せん》のスープを売ってなりわいを立てていた（『顔氏家訓』第十六）。鱓とはウナギに近い淡水魚や川ヘビのことを指している。どうもあまり高級な食べ物ではないらしい。

魚以外の動物性蛋白源については、荊州（湖北省）では白羊の肉は珍味でなかなか食べる機会がなかったという記録もある（『世説新語』第二十三）。また祖沖之《そちゅうし》の『述異記《じゅついき》』には、江楽《こうらく》県（湖北省）の王文明のところでは、妻の病中、嫁に行った娘が、母親のために粥を作ったというのは、家族の実態の一端を示していて面白いが、娘たちは父の食事の用意をするために、鶏を殺し、内臓を取り出し洗ったことが出ている。

金の糞をする牛

稲と並んで牛をこの地域の文化のキーワードとして選ぶことにしたい。ただ牛の実用的な利用の仕方は、後で出て来るように官吏の車を引かせることが出て来るくらいで、ほとんど小説には出て来ない。また牛の供犠についての記述もない。そこで材料は奇跡の牛の話ということになる。蘇仙公の話にも牛飼いのことが出て来るが、牛は犁耕《りこう》のための重要な家畜であった。だから牛が富の象徴となるのも不思議ではない。『湘中記《しょうちゅうき》』（『太平広記』巻四三四）には長沙西南（湖南省）の金牛《きんぎゅう》岡《こう》の話が出ている。漢の武帝のとき、ある田父が赤牛を牽いていた。漁師に「船に乗せて江を渡らせてくれ」と頼んだ。漁師は「船は小さいから、とても牛は運べない」と断った。しかし田父は「乗せてくれれば、べつにあんたの船は重くならない」と言って、人も牛もともに乗船した。江の半ばまで来ると、牛は船のなかで糞をした。田父はこれをあんたに上げます、と言った。渡ってしまうと、漁師は船を汚されてしまったことを怒った。槐《かい》で糞をしゃくって水中に捨てた。そしても う全部捨て終わる寸前に、糞が実は金であることを知った。不思議に思って後を追ったが、ただ人と牛が嶺に入るのを見ただけであった。そこを掘ってみたが、及ばなかった。当時まだ掘ったところが残っていたそうである。

牛が金の糞をするというモチーフは、長江上流の蜀《しょく》の地では、もっと前から知られていた。漢の揚雄《ようゆう》の『蜀本紀《しょくほんぎ》』によると、秦王は蜀を滅ぼそうとし、五頭の石牛を作りその後ろに金を置いた。蜀人はこれを見て、牛が金を排便するのだと思った。蜀王はこれを信じて、五人の力士に千人の卒を与えて、この石牛を蜀に引き入れた。こうして秦は敵人の労によって蜀への通路を得た。秦王はその後張儀《ちょうぎ》などを遣わして、この石牛道から兵を入れて蜀を滅ぼした、というのである。金関丈夫が論じたように、同じ伝説はそのほか『水経注《すいけいちゅう》』沔水《べんすい》の条に引かれた蜀漢の来敏《らいびん》の『本蜀論』、晋の常璩《じょうきょ》の『華陽国志《かようこくし》』巻三蜀志や、北魏の闞駰《かんいん》の『十三州志』にも出ている（『新編 木馬と石牛』岩波文庫、一九九六年）。金関は金牛岡の話は引いていないが、これらの話をまとめてみると、長江の上流から中流にかけて、金の糞をする牛の伝承が広がっていたことが分かる。

ここでちょっと蛇足を加えよう。牛ではないが他の動物が金を作る話は、現代の中国民話にもある。エーバーハルトの『中国民譚の諸形式』の第二三型は《黄金を作る動物》であって、一、ある人が黄金を作る動物を手に入れる。二、他のものが真似をしたが、この動物は死んでしまったり、あるいは復讐する、という筋である。彼が挙げた例は、浙江省紹興《しょうこう》（犬）、採集地不明（鹿）、浙江省金華《きんか》（鳥）である。事例が少ないが、江南に多いらしいのが面白い。

それよりも気になるのは日本の《大歳の客》型の昔話との関係である。年とりの夜、みすぼらしい来訪者を歓待した貧しい者は富を得たが、これを真似した者は失敗するという話である。面白いことに、この話にはしばしば金と牛が出て来る。たとえば貧しい爺婆の家に小さい座頭が泊まったところ、翌朝座頭は小判になっていた。隣の爺がこれを真似して大座頭を泊めると、布団のなかには牛の糞がいっぱいあった。また貧しい爺婆が座頭を泊めると、座頭は布団のなかで黄金の牛になったというのもある。このように黄金と牛との関係は、東アジアのフォークロアの興味深い一テーマなのである。そして金と牛との結び付きが長江の中・上流地域で早くから現れていたことは注目してよい。

長江中流における奇跡の牛には、このほか予言をする牛もあった。『捜神記』巻七には、太安年間（三〇二～三〇三）に江夏郡（湖北省）の書記をしていた張騁《ちょうへい》の車を引いていた牛が突然「天下はいまにも乱れようとしている」と予言し、騁は安陸県（湖北省）にいる占いの名人に占ってもらったが、彼も天下大乱になると言った。そして事実騁の一族は皆殺しになってしまったのであった。これもまた、長江中流地域の文化において牛が占めていた重要な地位を物語っている。

鬼と人間

巫の活躍と没落

長江中流地域においても民間では巫《ふ》が活躍していた。その具体的な様子が『異苑』巻八に出ている。南朝宋の武帝の永初年間（四二〇～四二二）に張春という男が武昌《ぶしょう》（湖北省）の太守をしていたとき、ある娘が頭がおかしくなって、嫁入りをするのを嫌った。巫に見せると、これは悪い化け物がついたのだと言って、娘を川岸まで連れて行った。そして太鼓を叩いて、法力で治療すると称して呪文を唱え始めた。張春は巫が人民をたぶらかしているのだと思ったので、期限を切って、その化け物を捕らえよ、と命じた。翌日、黒蛇が一匹、巫の座っているところに来た。巫はすぐに太い釘でその頭を釘づけにした。昼頃になると、大きな亀が川をくだって来て巫の前に平伏した。巫は亀の背中に朱で呪文を書き付けて、また川のなかに放してやった。夕方になると、亀は白い鰐《わに》を追い立てて来た。鰐は岸に上がると娘に別れの言葉を述べた。娘は「私は恋人をなくしてしまうのね」と言って泣いたが、それから少しずつ正気に戻った。巫の説明によると「蛇が文使いをし、亀が仲人になり、鰐が婿になったのだ」という。そして捕まえた三匹とも張春に見せた。春ははじめて法力のあらたかさを知り、三匹とも殺した。これはまだ巫が大活躍していたときのことである。

やがて巫の没落が始まった。

巴丘《はきゅう》県（湖南省岳陽）に舒礼《じょれい》という巫師がいた。晋の永昌元年（三二二）に病死した。土地神がこれを泰山《たいざん》（山東省）に連れて行った。俗人は巫師を道人《どうじん》と称していた。初め冥司《めいし》福舎《ふくしゃ》（仏教徒が死後に住むところ）の前を過ぎ、土地神は門吏に「ここはどこか」とたずねた。門吏は「道人の舎なり」と答えたので、土地神は「舒礼は道人だ」と言って、ここに引き渡した。舒礼は生前の殺生淫乱のために地獄で刑罰を受けたが、地獄の府君は、まだ舒礼の寿命が尽きていないことを知って釈放した。しかし「また殺生淫乱するなかれ」と言った。礼は生き返ったが、二度と巫師をやらなかった（『幽明録』、『太平広記』巻二八三）。

この話はいろいろな意味で面白い。伝統的な巫俗が仏教に押されて行く状況がここにある。また死者の霊魂が山東省の泰山に行くという信仰が湖南にも広がっていたことが分かる。それに劣らず面白いのは、巫師の活動が仏教の側から見ると殺生淫乱だと特徴づけられていることである。淫乱の具体的な内容がどんなものであったか分からないのは残念だが、何か性的な儀礼でもあったのかも知れない。殺生のほうは、恐らく動物の供犠を行っていたことを指しているのであろう。

化け物列伝

長江中流地域にはさまざまな化け物が跳梁した。出現の仕方、外観、行動、そしてその駆除の方法もいろいろであった。

祖冲之《そちゅうし》の『述異記』には豫章《よしょう》（江西省南昌）の胡庇之《こひし》が武昌《ぶしょう》郡（湖北省）の丞《じょう》となったころの話が出ている（『太平広記』巻三二四では同じ話が『法苑珠林《ほうおんじゅりん》』から引くと出ている）。元嘉二十六年（四四九）に役所に化け物〔鬼怪《きかい》〕が出た。真夜中に月がおぼろにかすみ、少し開いた扉の透き間から誰かが戸の外に寄りかかっているのが見えた。その姿は子供のようであった。扉がしまると、木履《もくり》をはいているような足音が聞こえた。このようなことが何度も起こった。二十八年の三月、庇之の一家は全員流行病にかかった。そして空中に掛け声がして、瓦や石、または乾いた土が家のなかに投げ込まれた。夏の半ばになると病人はみな全快したものの、掛け声と瓦などの投げ込みは一層激しくなった。そこで法師を頼み、斎戒沐浴して一晩中経文を読んでもらったが、瓦はますます多く落ちて来た。ただ法師と経文の巻物にだけは当たらなかった。

秋から冬にかけては次第に話し声も聞こえるようになり、瓦や石が人間に命中して青痣《あざ》になったが、痛みはそれほどではなかった。庇之の家の年とった乳母は戸口や窓で化け物に大声で怒鳴りつけた。庇之は道士を招いて、天帝への上奏文を書いてもらい、護符を貼ったところ、化け物は次第に遠のいて、まったく現れなくなった。

ところが二十九年になると、化け物はまた襲来し、前よりも一層激しい勢いだった。その翌年、丞の事務室のあちこちでしきりに火災が起きたが、全部消し止めることができた。化け物はいつも犬が鳴くような声を出していたが、後に急に言葉を出し始め、その声は牛に似ていた。その後、ある日の真夜中の少し前、外に良い神がやって来た。天上界の陶御史《とうぎょし》から命をうけて、庇之に知らせにやって来たのだった。この役所はもと沈《しん》公の屋敷であった。昔の住居を見ようと沈公がたずねて来て、声をかけたり物を投げたりして、いたずらをしたのだという。庇之が道士に頼んで天帝への上奏文を書かせたことを沈公は怒った。彼は天界に上って、庇之が仏弟子であるにもかかわらず、道士に上奏文を書かせたと訴えた。今後は専心に仏法を信ずれば、化け物は手出しができない、という知らせだった。

庇之は尼僧を大勢集めて読経をしてもらい、さらに斎《とき》を行った。一晩後に家の外に陶御史が現れ、かさねて「もし仏法の正道に立ちかえり、経文を読み、戒律を守れば、もろもろの悪鬼は退散するであろう」と告げた。

これなどは原因が分かったから対応の仕方もあった。しかし化け物には原因の分からないものが多いからそれだけに怖い。同じく『述異記』には笑う化け物の話が出ている（『太平広記』巻三二五）。黄州（湖北省黄岡）の首府に黄父鬼《こうほき》という化け物が住み、現れると祟りがあった。黄色い着物を着、黄色い帽子をかぶっていた。これが人家の前で口を開けて笑うと、家族が疫病にかかった。その身長は一定せず、垣根の高さに応じて伸縮した。もう出なくなってから十数年たったが、人々はまだ恐れていたという。

ところが襄陽（湖北省）の李頤《りい》の父の家に出た化け物（鬼）は色も身長もこれとは違っていた。父が太守になり引っ越すので宴会を開いたとき、化け物は便所の壁から現れ、ちょうど筵《むしろ》を巻いたような形で、高さは五尺ほどであって、色は真っ白だった。かねてから化け物の存在を否定していた父がこれを真っ二つに斬ると、二人の人間になった。さらに横ざまに斬ると四人になった。そして化け物は彼から刀を奪い李を切り殺し、宴席にいた李姓を名乗る者は皆殺しにされたが、異姓の者だけ助かった。幼い頤は乳母が抱いて逃げて助かり、後に湘東《しょうとう》太守まで出世した（『捜神後記』巻七、『太平広記』巻三二四には『法苑珠林』によるとし、李頤の名は索頤になっている）。

化け物は便所の壁から出るとは限らない。家の梁《はり》の上に住むのもいた。楽安《らくあん》（山東省）の劉池苛《りゅうちこう》は夏口《かこう》（湖北省）に居をかまえたが、突然、化け物がやって来て劉家に住んだ。人間のような形をし、白の袴をはいていた。幽鬼を信じない吉翼子《きちよくし》という男が、劉家に来て、「私が化け物に怒鳴りつけてやりましょう」と申し出た。とたんに家の梁のあたりで物音がした。ちょうど劉の家では大勢の来客がいた。すると何かが舞い降りて来て翼子の顔にくっついた。これはこの家の女の下穿き

〔褻衣〕で、汚れ〔悪〕がまだ着いていた。翼子は皆の笑い者になり、顔を洗って早々に退散した。

別の人は、この化け物は盗み食いをするから、一服盛るとよいと劉に言った。劉は毒草の野葛《のかずら》を煮て、その汁を二升作った。一方、粥を作って家中で食べ、残った一鉢に野葛の汁を入れ、蓋をしておいた。すると化け物はこれを食べ、出て行って屋根の上で激しく嘔吐し、幽鬼はあとを絶った（『捜神後記』巻六、『太平広記』巻三一九）。汚れの着いた女の下穿きを投げて来たところを見ると、この鬼は女性かも知れない。

これらの事例を通じて気がつくことは、化け物（鬼）が出現して、いろいろのいたずらをしたり、害を与える場合、身長はさまざまであるが、人間の形をとっていることである。また、人間の形をとった化け物を鎮圧するのに、少なくともこれらの事例では巫は活躍しておらず、道士や僧尼が事にあたるか、それともふつうの人、ことに鬼神を信じない合理的な考えの人が重要な役割を演じている。これが果たして六朝時代の長江中流域の実態なのか、小説であるための歪みなのかは明らかでないが、ここに記しておこう。

鬼神の存在を信じなかった男の話としては、『湘中記』（『太平広記』巻二九四）に出ている白槎廟《はくさびょう》の話もある。衡山《こうざん》（湖南省）に白槎廟という廟があった。むかし、ここに神の槎《いかだ》があった。輝くばかりの純白で、祈れば必ず霊験があった。しかし晋の孫盛《そんせい》がこの郡の太守になったとき、鬼神の存在を信じない彼は、この槎を切らせてしまった。斧が当たるにつれて血が流れ出した。そして槎はその夜のうちに波に流されて上流へと溯って行った。そして太鼓や角笛の音が聞こえ、行方が分からなくなった。この廟は開皇九年（五八九）に廃廟となったが、白槎村という地名が残った。

この場合、人間の形をとった鬼ではない。白い槎であった。しかし切られると血が流れ出たというから、実体は血肉を具えた存在だったに違いない。そしてこの槎が立ち去って行くときに太鼓や角笛の音が聞こえたというのは、神の来臨と退去にあたり音楽が伴っていたことを示すものであろう。

息子の亡霊と母親

これまで取り扱って来た鬼は、いずれも死後相当たって化け物として現れ、生者に害を与えたものである。これにたいして、死後間もない亡霊のなかには害を与えるどころか、親に孝行するという感心なのもいた。

晋の太元（三七六〜三九六）のころ、桓軌《かんき》が巴東《はとう》（重慶市奉節《ほうせつ》）の太守に任命された。軌の家族は江陵（湖北省）に残り、妻の乳母で陳氏という者の息子の道生《どうせい》が軌のお供をして任地に赴いたが、途中の急流に落ちて死んだ。留守宅に道生の幽霊が現れ、いま河伯《かはく》（川の神）の部下に採用されたが、二十日間の休暇をもらって帰省したのだと言った。道生の母の嘆きがつのるたび、きまって一羽の黒い鳥が現れ、羽で母の口を押さえた。そのうち母の舌の上に瘤ができてしまい、息子を思って泣こうにも、泣くことができなくなってしまった（『異苑』巻六、『太平広記』巻三一八）。妻の乳母の息子が従者として同行したのも、乳を通しての人間関係の一例として面白いが、ここではそれには立ち入らない。

もう一つ、これも江陵の例であるが、朱泰《しゅたい》という男が元徽年間（四七三〜四七七）に死んだ。まだ納棺を済ませないうちに、亡霊が現れ母を慰めた。その姿は家族の者だけには見えた。死者である泰自身が葬式の道具をそろえる指図をしたが、家計を考えて倹約につとめた（『述異記』、『太平広記』巻三二三）。

どちらも親孝行とは言っても、母親への孝行であるのが面白い。いずれにしても家族のなかでも、母親と息子のあいだの親密な関係がここにある。またどちらの場合も、死者は他界の住民になる前の死者である。もっとも道生の場合は、急流に落ちて死んだのであるから、ふつうの死に方ではなくて、悪い死に方である。だから死んでもふつうの他界に入れないで、河伯の部下になったのかもしれない。道生が黒い鳥になって母のところにしばしば来たというのは、あるいは急流に落ちて死んだ者は黒い鳥になるという俗信があったのかもしれない。

ところが男が死んだ場合、妻の助力で生き返ることもあった。襄陽（湖北省）の李除《りじょ》が疫病で死に、妻が通夜をしていると、真夜中になって突然、死体が起き上がり、妻の肘《ひじ》にはめた金の腕輪をひったくろうとし、妻が手伝って外すと、腕輪を握り締めてまた倒れてしまった。明け方になると死体の胸のあたりから暖かくなり、しだいに息を吹き返した。生き返ると除は、役人に賄賂として腕輪をやって帰してもらった、と妻に語った。数日後、その腕輪がまだ妻の着物のなかにあるのが発見された。しかし妻はもうそれを身につけようとせず、まじないをしてもらって埋めてしまった（『捜神後記』巻四、『太平広記』巻三八三）。死んだ息子が生きている母に孝行をするように、生きている妻は冥土の役人への賄賂を提供するという形で死んだ夫のために奉仕するのだった。

異界の入り口

桃源郷

六朝時代の楚蜀の地は、中国文明の辺境であるか、あるいは辺境の近くであった。川を溯って行き、山を越えて行けば、そこには異質の土地があり、未知の世界があった。しかし異質の土地と言い、未知の世界と言っても、それにはいくつかの種類があった。

その一つは、同じ中国文明の伝統に属してはいるものの、古い昔に分離、孤立して、旧俗を残して来た隠れ里である。中国の平家村のようなものだ。その代表は何と言っても陶淵明《とうえんめい》の記した桃花《とうか》源《げん》である。

晋の太元年間（三七六〜三九六）に武陵《ぶりょう》（湖南省）に魚を獲って暮らしている男がいた。ある日、谷川を溯って行くと、突然、桃の花の林になり、それを越すと水源で山があった。山には小さな洞穴があり、男は舟をおいて、洞穴のなかに入った。間もなく目の前が明るくなり、土地が平らにひらけ、家々が立ち並んでいた。手入れのゆきとどいた田、みごとな池、桑や竹があり、道は縦横に通い、あちこちから鶏や犬の鳴き声が聞こえた。世間一般と同じような服装をした男女がおり、子供はお下げ髪をしていた。男は村人の家に連れて行かれ、酒と鶏の御馳走になった。彼らの先祖は秦のころ戦乱を避けて、この人里離れた土地にやって来て、外界とは隔離されて暮らして来たので、その後、漢の時代があったことすら知らなかった。漁夫は数日そこに滞在した後、また村から出て、もとの舟で郡の町に帰り着いた。そして太守に一部始終を報告した。太守は漁夫に人をつけて、この隠れ里を探させたが、もう行き着くことはできなかった（『捜神後記』巻一）。

この話で面白いのは、隠れ里伝承であること、平和で素朴な生活と小さな世界の理想があることばかりではない。長江中流地域の、以前の生活様式がこんなものであったろう、という六朝文人のイメージがあることである。田を作り、鶏や犬を飼い、桑もあるからおそらく養蚕もやっており、酒もあり、服装は六朝時代とあまり変わらない、という生活様式である。このイメージがどこまで正しかったかは、研究してみなければ分からないが、十分あり得たような生活様式である。ただ一つ気になるのは、家畜のなかで牛や豚が出て来ないことである。しかし桃花源の話は、べつに網羅的な民族誌的報告ではない。もとになる民間伝承はあったであろうが、詩人陶淵明がこのような桃源郷にふさわしいと思った特徴だけを挙げたのに過ぎないからである。

隠れ里の話は『異苑』巻一にもある。元嘉（四二四〜四五三）の初年、武渓《ぶけい》（湖南省）の蛮人が鹿狩りに出掛け、獲物を追って、岩穴に入った。なかに梯子があり、上ってみると、上は広々とひらけた土地で、桑や果樹が生い茂っていた。道を通る人は飛ぶように身軽に歩いていたが、蛮人を見とがめなかった。彼は帰り道の木に、桃源郷に行った漁夫と同様に目印をつけておいたが、次に来たときには、道が分からなくなっていた。この話の場合は、未知の世界に住む人たちが、どんな生活を送っているのか、またどういう系統の人たちなのかも分からない。しかし漁夫と同様に狩人も未知の世界に入る可能性があることが語られている。

異民族の世界

楚蜀の地は西南中国の異民族の地域への入り口であり、彼らについての情報もいろいろ入って来た。『異苑』巻五に出ている竹王神《ちくおうしん》の話もその一つである。舞台は現在の省名で言えば、湖南省のすぐ西となりの貴州省の夜郎《やろう》である。漢の武帝のとき、夜郎に竹王神というものがいた。名は興《こう》という。むかし一人の女が豚水《とんすい》で洗濯していると、一本の太い竹が流れて来て彼女の足の間に入り、いくら押しやっても流れて行かなかった。竹のなかから泣き声が聞こえたので、竹を割るとなかから男の子が出て来た。この子は成長すると武勇の才でついに夷獠《いろう》氏の長となり、みずから夜郎侯と称し、竹《ちく》を姓とした。割られた竹は竹林となり、彼が自分の剣で石を撃つと泉が湧き出るという奇跡があった。のち朝廷から派遣された唐蒙《とうもう》が牂牱郡《しょうかぐん》つまりいまの貴州省を開いたとき、竹王の首を斬った。しかし蛮夷たちは、竹王は人間から生まれたのでなく貴いのだから、竹王の世継ぎを立てて王としてくれと求めた。太守の呉覇《ごは》はこのことを奏上し、帝は竹王の三人の子供にそれぞれ土地を分け与え、侯の称号を授けた。この三人は死後、父の廟に合祀された。今でも夜郎県に竹王三郎の祠がある。

この竹王出生譚は『後漢書』巻八十六西南夷伝、『水経注』巻三十六、『華陽国志』巻四にも出ており、古くから『竹取物語』との関係が論ぜられ、またすでに鳥居龍蔵によって、桃太郎と比較されているし、松本信広も竹中生誕譚の一環として研究していて、我が国でもよく知られている。また『後漢書』巻八十六の夜郎のところには、「牂牱の地は雨潦《うろう》多く、俗は巫鬼禁忌《ふききんき》を好み、畜生はすくなく、蚕桑《さんそう》なく、ゆえにその郡最も貧なり」とあって、生活様式にも示唆を与えている。

竹王が植物の竹から出たのに対して、動物子孫の例はもっと多い。人間が動物に変身するか、動物の雄と人間の女とのあいだに生まれた子供の子孫である。そのなかには虎と関係のある民族もいたそうである。『捜神記』巻十二によれば、長江と漢水の流域に貙人《ちゅ》なるものがいた。もとをただせば蛮族の首長の子孫だが、虎に化けることができる。またこんなことを言う人もいる。貙は虎が人に変わったものであって、えび茶色の着物を着、足には踵《かかと》がない。また虎で五本の指をもっているものはすべて貙である。

『捜神後記』巻四（『太平広記』巻二八四）には魏の時代に、潯陽県《じんよう》（湖北省）の北の山中に住む蛮族が人間を虎に化けさせる術をもっていたと記している。毛並みも爪も牙もすべて本物の虎と変わらなかった。この辺の住民の周眕《しゅうしん》という男が雇っていた下男が、以前蛮族のなかで穀物を買い求めていた〔告糴《こくてき》〕とき、この術を知っている首長から、布三尺と米数升、赤毛の雄鶏一羽と酒一升との交換で、術を教えてもらったことがあった。してみるとこの蛮族は穀物は作っているが、米は作っていない民族かもしれない。

『捜神記』巻十二には、貙の話の次に、猳《か》国の話が出ている。蜀（四川省）の西南部の高い山には、猿に似た妙なものが出没する。身長は七尺ほどで人間のように立って歩くことができ、人間を追いかけることがうまい。猳国とも馬化《ばか》とも玃猨《かくえん》ともいう。猳国は人間の女をさらって妻とし、男の子が生まれると、家に送り返してくれる。この子は成長した後は、ふつうの人間と変わらない。こうして育った人はみな楊《よう》という姓を名乗る。だから現在、蜀の西南部には楊姓のものが多いが、これはみな猳国ないし馬化の子孫である。

動物の子孫として有名なのは『捜神記』巻十四に出ている盤瓠《ばんこ》の話である。高辛《こうしん》氏の王宮に年老いた婦人がいて、その耳から出た虫が、五色の毛色の犬に変身し、盤瓠と名付けられた。そのころ（北方の）戎呉《じゅうご》族が辺境に侵入したので、王は夷狄《いてき》の将軍の首を取ったものには、金千斤を与え、戸数一万の領主に封じ、さらに姫を妻として与えると約束した。ところが夷狄の将軍の首を取って来たのは犬の盤瓠であった。家来は姫を犬にやることに反対したが、姫は希望し、盤瓠は姫を連れて南山に行き、ある石室のなかで暮らした。三年たつうちに、姫は六人の息子と六人の娘を生んだ。盤瓠の死後は、子供同士が結婚した。彼らは木の皮を紡いで織り、草の実で染めて衣服を作ったが、五色の着物を好み、どの着物にも尾がついていた。王は彼らに大きな山と広い沼を領地として与え、蛮夷《ばんい》と呼ぶことにした。

蛮夷は耕作や商業に従事しても、関所の交通手形や道中手形、租税の義務は必要でない。村の首長があり、すべて朝廷から首長のしるし〔印綬《いんじゅ》〕が授けられている。冠には獺《かわうそ》の皮を用いるが、それはこの獣が水を泳いで食物を取ることから来ている。いま梁漢《りょうかん》、巴蜀《はしょく》、武陵、長沙、廬江《ろこう》の諸郡にすむ蛮族がそれである。米飯に魚や肉をかき混ぜ、木桶を叩いて呼びながら盤瓠を祭る。その風習はいまでも続いている。だから世間でも「赤髀横裙《せきひおうくん》、盤瓠の子孫」つまり股を丸出しの短い腰巻きの盤瓠の子孫と言うのである。

盤瓠の伝説は、『捜神記』以前にも応劭《おうしょう》の『風俗通』、『捜神記』と同時代には魚豢《ぎょけん》の『魏略』に出ているが、それより後の『後漢書』巻八十六に武陵蛮《ぶりょうばん》の起源伝説として出ているのがことに有名である。『後漢書』の内容は『捜神記』と大体は同じだが、少し違うところもある。高辛氏のとき侵入したのは戎呉ではなくて犬戎《けんじゅう》であり、盤瓠の子孫の分布は陝西《せんせい》や四川に及ぶほど広い地域でなく、「今の長沙、武陵蛮はこれなり」とあって、湖南省の蛮族の起源だと、もっと限定している。また耳の虫から盤瓠が生じたことや、子孫による盤瓠祭祀の仕方は出ていない。

ここで取り上げた諸民族のうち、夜郎はおそらく後の僚《りょう》（獠）系の諸民族の先祖であろうし、盤瓠の伝説は現代もヤオ（瑤）族やシェー（畲）族の起源伝説になっていることはよく知られている。貙などの虎と関係をもつ諸民族は、四川省東部の巴《は》と関係があるかも知れない。『後漢書』巻八十六によれば、巴郡南郡蛮はもと五姓あり、その一つが巴姓だった。そして「廩《りん》君死し、魂魄《こんぱく》世々白虎となる。巴氏虎の人血を飲むを以て、ついに人を以て祠《まつ》る」とあるのが思い出される。白虎になった先祖に人身供犠をしたのである。

天文学の奥義

いままで紹介してきた例では、当時の漢族は楚や蜀の奥地は、遅れたところ、程度の低い民族の住むところというイメージをもっていたように見える。たしかにそういう面がある。けれどもそれですべてではない。逆に、この奥地には、大変深遠な科学が培われているというイメージもあった。

晋の張華《ちょうか》の『博物誌』巻十には、天河つまり天の川が海に通じることを実証した男の話が載っている。海岸に毎年決まった時期に槎《いかだ》が流れよって来るので、ある男が食料をたくさん載せて、槎に乗って出発した。去ること十余日にして着いたところでは、遥かに宮中を望むと織婦が多く、一人の男が牛を牽いて渚で牛に水を飲ませていた。槎で来た男は牛を牽く男に来意を説明し、ここは何処かと尋ねた。すると「君還りて蜀郡に至り厳君平《げんくんぺい》を訪《と》えば、則ち之《これ》を知る」という返事だった。そして男はいつも槎が漂着する季節に故郷に還って来た。のちに蜀に行き、君平に問うと、「某年月日、客星《きゃくせい》ありて牽牛《けんぎゅう》宿《しゅく》を犯す」という返事だった。年月を計算してみると、これはちょうどこの人が天河に到った時であった。つまりこの話では、天文の秘密を知っている人は蜀の住民なのである。

そして天文の秘密を知るものが猿であるという話が晋の王嘉《おうか》の『拾遺記《しゅういき》』巻八（『太平広記』巻四四四）に出ている。周群《しゅうぐん》は算術讖説《しんせつ》（未来を予測する教説）に通じていたが、岷山《びんざん》（四川省）で薬草を採っていた。すると一匹の白猿が険しい峰から降りて来て、群に対して立った。群は身につけていた書刀を猿に投げた。猿は化して一人の老翁になり、握っていた長さ八寸の玉版を群に授けた。群が貴方は何歳かと問うと、年をとって忘れてしまったが、軒轅《けんえん》のときに初めて暦数を学んだことを覚えている。黄帝の史の風后《ふうこう》、容成《ようせい》は私から暦数を習った。顓頊《せんぎょく》のときに至って日月星辰の運行を考定したが、大変差異が多かった。春秋になって子韋《しい》、子野《しや》、裨竈《ひそう》などが研究したがまだ駄目だった。大漢のときになって洛下閎《らくかこう》が出て、すこぶるその真を得た、と語った。群はその言にしたがって、更に研究を深め、蜀がまさに滅びようとしていることを知って、呉に走った。みな周群が陰陽の精妙に詳しいのを称揚し、蜀人は彼を後聖と呼んだ。

ここでも天文学の蘊奥を極めたものは蜀にいたのである。蜀はたんなる辺境の地ではなく、深奥な科学の地でもあった。これは一方では、近代でも四川から雲南にかけてのイ（彝）族のところに独自の天文学が発達していたことを思い出させるし（たとえば陳久金・盧央・劉堯漢『彝族天文学史』雲南人民出版社、一九八四年）、他方では近年の三星堆《さんせいたい》遺跡の発掘で明らかになったように、蜀の地は古い文明の一中心だった。あるいはその伝統もしくは記憶が、蜀に住む天文の権威の話に残っていたのかも知れない。

三星堆遺跡出土の青銅立人像

華北の民俗

田の中の巨木

華北の文化

私はこれまで六朝小説にもとづく民族誌の試みとして、江南の山地民、平地民の文化のいくつかの側面や、さらに長江を溯って楚蜀の民俗を描いてみた。エーバーハルトの行った中国の諸地方文化の再構成の先駆的な試みを、さらに発展させるためには、特定の時代における中国の文化の地域的な特色と相違を調べる必要がある。そういう立場での試論であった。しかし長江流域の文化は、中国の文化の一部である。ほかの地域の文化と比較してはじめてその地域性も明らかになる。そして六朝小説には長江流域以外の地域を舞台にした話も少なくない。今度は華北の生活様式、習俗などについて、三章書くことにしたい。地域は、今日の河南省に当たる地域、山東省に当たる地域、その他の順である。

淮河の支流に沿って

河南を舞台とした話を読んでいて気がつくことは、水系によって生活様式が違っていたらしく、淮河《わいが》の支流に沿った地域には、水稲耕作民の生活が展開していたことである。

たとえば『捜神記』巻五には、賈魯《かろ》河流域にある南頓《なんとん》県の話がある。張助《ちょうじょ》という男が田植えをしているとき、李（スモモ）の種を見つけ、桑の木のうろに土がたまっているなかに埋め、水をかけておいた。桑の木からスモモの木が生えた。目を病んでいる男が、スモモの木に、目を治してくれたら、お礼に豚を一頭供えると言った。この男の目は治り、評判となって、スモモの木の下には、いつも車や馬が集まり、供物の酒や肉が溢れるほどだった。ところが張助がやって来て、この木は俺が植えたもので、なんの神通力もないと言って切り倒してしまった。

同じく河南省東部で安徽省に近いほうの話が『捜神記』巻十七に出ている。陳国の張漢直が、やはり河南省の南陽に行った後、妖怪が漢直の妹に憑《つ》いて、漢直の声で、自分は死んで棺が田の畦道《あぜみち》に置かれている、と言った。草履も家の裏の楮《こうぞ》の木の枝に二、三足かかっている、北側の土塀の下に銭五百貫があるとか、牛を買った権利書が文箱《ふばこ》に入っている、とも言った。しかし漢直自身が帰って来て、これは妖怪の仕業だと分かった。

この二つの話から、稲作地帯の生活が目に浮かんでくる。田には棺を置くことのできる幅のある畦道があり、田植えが行われ、田のそばには桑の木も生えており、スモモの木もこのへんには生えており、家の裏には楮の木も生えている。土塀を巡らした家もあり、牛を買うと権利書が書かれる。そういう書類は文箱にしまっておく。病気を神霊に祈って治してもらうと、豚がお礼に供えられる、また祈願には酒や肉を供える、さらに死者が親族の女に憑いて、いろいろ指図をすることがあると考えられていたのである。

田の中の巨木

これも賈魯河の流域であるが、鄢陵《えんりょう》の田に十抱え以上もある木が生えていた。その田地を買ったのは張遼《ちょうりょう》、字《あざな》は叔高《しゅくこう》という男で、江夏（湖北省）の人だが、魏《ぎ》の桂陽郡（湖南省）の太守であったとき、ここに田地を買ったのである。叔高は、この巨木のため日陰になって、作物が育たない、というので、小作人にこの木を伐らせた。ところが赤い汁が六、七斗も出た。さらに枝を切らせると、木の上にうろがあり、身長四、五尺の白髪の老人が四、五人出て来た。叔高が刀でこれを斬り殺したが、人とも獣ともつかぬものであった（『捜神記』巻十八）。

私はこの巨木は、開墾された土地の精霊たちが宿るところだったと解釈している。中国ではないが、比較例を一つ挙げよう。北ボルネオのドゥスン族のところで、エヴァンズは一九一五年にタンバトゥアンの近くの岡の中腹の畑のなかで、開墾地の中央に木が一本だけ立っているのを見た。エヴァンズが理由を尋ねたところ、「鳥が止まるところがなくて、作物を呪ったりしないように」木を一本残しておく習慣なのだということであった。

同様な習慣は、サラワクのダヤク諸族のいくつかのところでも行われている。伐採された森の精霊たちが避難するところとして、木を一本残すのだという。

この鄢陵の巨木の場合も同様なものであったろう。しかし現に桂陽郡の太守であり、のちに侍御《じぎょ》史《し》兼兗州《こんしゅう》の刺史《しし》に任ぜられた叔高は、日陰ができて作物が育つのを妨げるという、合理主義的な立場で、この木を残そうとせず、小作人に伐らせ、出て来た老人たちを自ら斬り殺したのであった。この巨木に宿っていた精霊たちは、四、五尺の白髪の老人で、人とも獣ともつかぬものであったというが、これが開墾地の精霊のイメージであった。

鄢陵の巨木の参考になる話は、『捜神記』の同じ巻十八のすぐ前の話である。場所は隣の安徽省中部の巣湖《そうこ》の西だから、河南省の鄢陵とは、地域的にも近く、文化的にも同じ水稲耕作文化地域である。

廬江郡竜舒《りゅうじょ》県、陸亭の川岸に高さ数十丈もある大木が一本立っており、その木の上にいつも黄色い鳥が数千羽も群がっていた。あるとき旱魃があり、土地の古老が、あの木にはいつも黄色い気がたちこめているから、神霊が宿ってるのかもしれない、雨乞いをしよう、と言って、酒や干し肉を携えて、亭に行くことになった。その晩、この村の李憲《りけん》という寡婦のところに、ぬいとり模様の着物を着た一人の女が現れ、「私は樹神の黄祖《こうそ》です。私は雲や雨を起こすことができます。私は天帝さまにお願いしておきましたから、明日の昼には大雨が降りますよ」と告げた。翌日、予告のときになると、果たして雨が降ってきた。そこで祠を建てて、樹神を祀ることになったという。

この陸亭の巨木は、まだ豊饒の精霊ないし神としての性格をよく留めている。鳥が群がっているところは、ドゥスン族の場合を思い出させる。また鄢陵では、精霊は白髪の老人の形をとっていたが、ここではぬいとり模様の着物を着た女の形をとっているという、小さな相違はある。樹神が啓示するという点では、次の話が思い出される。

神樹を祀る人

河南省の淮河の支流地域には、いつも神樹を祀る人もいた。『幽明録』に出ている話で、舞台は潁川《えいせん》だから沙河の流域であろう。陳慶孫《ちんけいそん》は、家の裏の神樹にいつも幸福を祈願していた。しまいに廟を作って天神廟と名付けた。慶孫は黒牛を飼っていたが、天神は空からこの黒牛を捧げるように要求し、捧げないと、息子の命を取ると言い、事実息子は予告の日に死んだ。同様に妻も命を奪われた。さらに神は黒牛を捧げないと慶孫自身の命も奪うと言ったが、今度は死ななかった。すると神は実は私は司命《しめい》の下っ端だと言って、慶孫に詫びた。

司命とは、人の生死を司り、勧善懲悪を行う神である。その下っ端が天神と称して、黒牛を要求していたのである。天神とは司命などを含む天の神々のことであろうと思われるが、鄢陵や竜舒県の陸亭の巨木に宿る精霊とは、違う性格のものであろう。とくに豊饒の機能を表す神ではないらしい。いずれにしても、天神は樹木を依《よ》り代《しろ》とすることがあること、個人の幸福を天神に祈ることがあること、また供犠としては、牛の供犠もあるが、一個人ではなかなか牛を供犠することはしかねること、などを読み取ることができる。

このような習俗は、河南省の、さらに中国の他の地域においても行われていたかも知れない。しかし少なくとも河南では淮河の支流地域において行われていたのである。河南省に限らず、淮河の流域の水稲耕作地帯の文化は、大きく見て、江南の稲作地帯の文化と連続し、共通点が多かったに違いない。もしそうならば、ここで取り出した、河南省の淮河支流地域の生活と信仰は、江南の水稲耕作民文化を考えるときにも、いろいろヒントを与えてくれると思われるのである。

蛇蠱《じゃこ》を使う人たち

河南省は淮河の流域ばかりでなく、黄河流域や、漢水流域の地域もある。黄河流域の滎陽《けいよう》郡（鄭《てい》州《しゅう》の西）からは、『捜神記』巻十二に蛇神使いの話が載っている。廖《りょう》という家は代々蛇の蠱術《こじゅつ》を行って、財産を作った。しかし嫁入りしてきた嫁にはその秘密を知らせなかった。しかしあるとき、家の隅に大きな甕があり、なかに大蛇がわだかまっていた。これを見た嫁は熱湯を注いで、これを殺してしまった。まもなく一家は疫病にかかってほとんど死に絶えてしまった。

言うまでもなく、我が国の憑き物に比較できる例である。また後世の中国においては、華南の少数民族のところで有害な動物や虫を飼って他人に害を与えるいわゆる畜蠱《ちくこ》の風を思い出させるが、地理的にもっと近い中原以北の地の五大家とか五大仙と呼ばれる五種の動物神の崇拝との関係のほうが重視すべきかもしれない。五大家の動物のなかには、しばしば蛇が入っているのである。

系統はともかくとして、滎陽郡の蠱術が父系をたどって伝えられ、嫁入りしてきた嫁には秘密は知らされていなかったことが、この記事から知れる。また蠱術で財産を作ったというのは、日本の憑き物の場合でも、動物を使って財産を作ったと、周囲から妬《ねた》まれたことと対応する。

竈の神と幽霊

今日の中国においては、毎年旧暦の十二月二十三日あるいは二十四日に竈《かまど》の神を祀るのは一般的である。『捜神記』巻四には、河南省でも漢水の支流の白河流域の南陽の竈の神の話が出ている。前漢の宣帝（在位前七四~前四九）のとき、南陽の陰子方《いんしほう》は親孝行でまた竈の神をよく祀っていた。ある年の竈祭りの日、朝炊事をしていると、竈の神が姿を現した。子方は、家に飼っていた黄色い羊を屠《ほふ》って、神に捧げた。このこと以来、彼は莫大な財産を築き、子孫は出世した。そこで陰家では、子孫の代になっても、大晦日には竈を祀り、黄色い羊を捧げるのが習慣である。

竈神《そうしん》の祭りが今日のような形になる前は、いろいろ変遷があったことは、すでに多くの研究者が論じている。しかしそれとともに、地域的な相違もいろいろあったに違いない。大晦日に家長が羊供犠をするという形式が、南陽にあったことが知れる。

南陽からはもう一つ面白い俗信の記事がある。『列異伝』に出ている宋定伯《そうていはく》が夜道で幽霊に出会った話である。これを見ると、幽霊は夜道にも現れること、幽霊は市に行くこともあること、死んだばかりの幽霊は重いこと、幽霊は川をわたっても水音を立てないこと、幽霊は羊に変身できること、しかし人間の唾は苦手で、これをつけられると、変身した羊からもとの姿には戻れないこと、などが窺われる。

竈神図（右：竈君、左：竈奶奶）
（1938 年に中国東北地方で使われたもの）

このような幽霊についての俗信が、他の地方にもあったかどうかは面白い問題だが、それはともかくとして、この話にも羊が出て来る。南陽のへんは家畜のなかでも、羊の重要性が大きかった地域だったのかも知れない。

山東の聖と俗

飯と酒

今日の山東省に当たる地域は、六朝小説では舞台としてそれほど多く登場しない。得られる民族誌的情報もあまり多くない。ことに地域差や生態学的環境による民俗の相違を十分明らかにできないのは残念である。なかでも海の文化が出て来ないのは、山東がまさに半島であるだけに一層物足りない気がする。とは言っても、それ以外の生活様式ならある程度の資料がある。たとえば『幽明録』には、漢のころの話として、泰山《たいざん》では男が近所の人と一緒に狩りに出掛け、鹿に向かって犬を放ったことが出ている。山東山地には、江南の山地と類似した狩人の生活が営まれていたらしい。そう言えば、漢の劉向《りゅうきょう》撰と称するが、実際は三国か六朝のものと言われる『列仙伝』巻下に出ている山東中部の淄川《しせん》の鹿皮公《ろくひこう》は、山上に住み鹿皮の衣服を着ていたというから山人の面影がある。

しかし山東での主な生業活動は、狩猟ではなくてやはり農耕だった。農耕作業はここでも主に男の仕事だったらしい。済南《せいなん》の東北にあたる千乗《せんじょう》では、貧しい男が、父子で畑に仕事に行ったことが『捜神記』巻一に語られている。山東でも済南の西北で河南省に近い平原では、麦の刈り跡の南側に大きな桑の木があり、その木陰で二人の男が碁を打ち、鹿の干し肉を肴に、澄み切った酒〔清酒〕を飲んだことが『捜神記』巻三に出ている。この記事は、食生活の一端が窺われるばかりでなく、麦の栽培、桑に示唆される養蚕という生業活動を知らせてくれる。買って来た鹿の干し肉も登場するから、狩りの獲物も交易を通じて食卓をにぎわせていたのである。山東半島北岸の萊州《らいしゅう》湾にのぞむ東萊《とうらい》では、漢のころ酒造りを業としていた池《ち》という家があった。そこに麵と飯を持参した客が来て、酒を求めた話が『捜神記』巻十六にある。この《麵》を東洋文庫版では《そば》と訳しているが、疑問である。小麦粉を材料にした蒸餅《じょうへい》か胡餅《こへい》のようなものではないかと思われる。もちろん餅《へい》はモチではなくて、月餅《げっぺい》の餅のような、小麦粉で作った食品のことである。また飯というのも、華北では粟飯、麦飯が多かったから〔梁満倉『中国魏晋南北朝習俗史』人民出版社、一九九四年参照〕、米の飯ではなくて、粟飯か麦飯だったかも知れない。いずれにしても、平原の例と同じく、麦の文化が山東、ことに北部には広がっていたことが想像できる。これに反して六朝小説のなかには、江南や河南淮河水系地域のような稲作文化が山東にもあったという資料は、私はまだ見つけていない。

東莱郡では、『捜神記』巻十七によると、陳という百人あまりも家族がいるという大家があった。あるとき、「朝炊くに釜沸かず、甑《こしき》を挙げてこれを看る」という出来事があった。これから見て、釜で湯を沸かし、その上に載せた甑で蒸したものを朝食にしていたらしい。蒸餅であろうか。御菜《おかず》についての情報は少ない。『捜神記』巻十一に出ている王祥《おうしょう》の孝行譚は、黄海寄りの瑯邪《ろうや》を舞台にしている。継母がつねに生魚つまり鮮魚を食べたがり、冬に氷の下から鯉を取って食べさせ、また黄雀《こうじゃく》の丸焼きを食べさせたが、季節外れの御馳走である。しかし淡水産の鮮魚や小さい鳥の丸焼きが御菜になっていたことは分かる。

養蚕と絹布

山東省北西部の平原には、麦畑のそばに桑の木が生えていたことは、先に述べた。『捜神記』巻一には、これまた山東省でも西端の河南省に近い済陰《せいいん》の話がある。園客《えんかく》という妻を娶らない美男子がいた。養蚕の季節に神女が来て、養蚕の仕事を手伝った。ただ園客は桑ではなくて、香草を蚕に餌として与えていたので、巨大な繭ができ、その糸をくり終わると、神女は園客とともに昇天したという。香草を蚕の餌にするなどは、もちろんお話である。また『列仙伝』巻下にもこの話が出ているが、「かくて済陰地方の人々は代々蚕を祀り、その祠を設けることになったのである」と付け加わっている。

いずれにしても面白いのは、養蚕の仕事を男がやり、女が手伝うという点で、養蚕は必ずしも女の専業ではなかったらしい。

しかし絹糸を織り、それを衣服に仕立てるのは、山東でもやはり女の仕事だった。たとえば、千乗には漢代に董永《とうえい》という孝行息子がいたが、天上の織女が押しかけ女房としてやって来、絹の機織りをした話が『捜神記』巻一に載っている。また『述異記』に出ている話では、青州つまり山東中部の益都《えきと》のへんで、妾にしようと思う少女が、男のために自分で絹を織り、着物を作ろうとしたが、死んでしまった。そこでその母親が娘の織った絹布で娘の経帷子《きょうかたびら》を作ったとある。

このような話から見て、山東省では、少なくとも西部から中部にかけて、養蚕と絹織りがさかんに行われていたようである。

死者と生者

六朝小説に出ている山東を舞台とした話には、死や死者にかんするものがいくつかある。三世紀、晋のとき二度死んだ瑯邪の男の話が『捜神記』巻十五にあるが、それによると、死体は棺に納めて車に乗せ、それを引き、弔旗《ちょうき》をもって葬列を組んで葬りに行くのであった。同じく瑯邪では、宋のころ、霊前に魂車、木馬を飾ることが行われていたことが、『捜神記』巻三に出ている。

そして不幸があった場合、弔問するのにも用心が必要であった。『捜神後記』巻六には、江蘇省に近い南部の瑯邪郡臨沂《りんき》県の話として、納棺、野辺の送りのある家へは、極めて親しい関係でない限り、急いで弔問に行ってはならないとある。万やむを得ない場合は、朱塗りの車に乗り、髯《ひげ》のある下男を御者にするか、白い馬に乗って行けば、邪気を払うことができるという。してみると、弔問客は死の邪気をこうむることを心配しながら弔問に行ったのであろう。

弔問客はともかくとして、家族ごとに夫婦のあいだともなれば、死者への思いも切実である。漢代の山東には、死者に会わせてくれる術を心得たものが活躍していた。『捜神記』巻二には、これにかんする二つの話がある。北海郡営陵《えいりょう》県、つまり山東中部、今の濰坊《いぼう》市の西、に道士がいて、死んだ人と会わせる術を使った。同郡の妻を亡くして数年になる男が、この道士によって亡妻に会うことができたが、それは夫が妻の墓のなかに会いに行くことであった。ただ暁を知らせる太鼓の音が聞こえたら、すぐ外に出なければならなかった。夫が亡妻を訪ねて行く話は、ギリシアのオルペウスの神話や、日本のイザナキの黄泉《よみ》の国訪問神話を思い出させるが、中国ではまれである。その一例が山東にあるのは面白い。

死者と会うには、死者の魂の方が生者の近くに来るというやり方がある。漢の武帝のとき、斉《せい》の李少翁《りしょうおう》という方士は、死者の魂を夜中、帳《とばり》のなかに呼び出すことができた。武帝は愛する李夫人を失ってから、この方法で再会を試みた。別の帳に座る武帝の目には、彼女の魂が人間の形をとって、帳のなかで座ったり、歩いたりするのが映った。しかしそのそばに寄ることは許されなかった。

祖冲之《そちゅうし》の『述異記』には、夏侯祖欣《かこうそきん》が兗州《えんしゅう》（滋陽《じよう》、孔子の生まれた曲阜《きょくふ》のすぐ西）の刺史だったが、在任中に死に、後任の沈僧栄《しんそうえい》の前に姿を現した話が出ている。僧栄の寝台の上に宝石を飾りにして織った帯があり、祖欣はこれを欲しがった。その帯を焼くと、帯はもう祖欣の腰にしめられていた。焼くことによって死者の所有物になったのである。

いくら死んでから会えると言っても、死なない方がよいに決まっている。病気になれば平癒を願うのは当然である。なかには大変熱心な人もいた。漢のころの斉国に道術を好む男がいたと『捜神記』巻十八は語っている。家に祠を建て、祠には三、四間の部屋を使い、神座には黒い帳を張りめぐらし、いつもその前に座り、供物を捧げて病気平癒を祈願するのであった。

山中の聖なる石と泉

山東の民間宗教で目をひくのは、山中の聖なる石についての記事がいくつかあることである。『捜神記』巻六によると、元鳳三年（前七八年）、泰山郡の蕪萊山《ぶらいさん》の南に、いつの間にか大きな石が立っていた。高さ一丈五尺、周囲は四十八抱えもあり、地下には八尺埋まっていて、三つの石を脚にして立っている。石が立ってから、数千羽の白い鳥がそのあたりに群がっていた。宣帝の漢朝中興の瑞祥だった。その形状がドルメンを思わせる点でもこの石は面白い。

また魯《ろ》郡の南の空乗の地は、『捜神記』巻十三によると、当時は孔宝《こうほう》という名だった。そこの山の洞穴の外に、高さ数丈の石が二つ、柱のように立っており、魯国の人々は、ここで楽器を鳴らし、歌をうたい、神を祀る。洞穴のなかにはいつもは水はないが、祭りのたびに掃除し、神に報告すると、必ず祭りに必要なだけの澄んだ水が石の透き間から出て来、祭りが済むと、止まってしまう。同じ巻には泰山の東の澧泉《れいせん》という聖なる泉のことも出ている。井戸のような形をしているが、中心は石である。この水を飲むには、心を清めてひざまずけば、いくらでも水が噴出するが、汚したり、粗末に扱うと止まってしまう。山中の聖なる石は、このように時には聖なる水と結び付いていた。

また任昉《じんぼう》の『述異記』巻上には瑯邪郡の擣衣《とうい》山、一名霊山について「山の南は絶険、岩に方石あり、昔神女ありて、ここに衣を擣《つ》く。その石明瑩《めいえい》、これを玉女擣練碪《ぎょくじょとうれんちん》と謂《い》う」とある。この石は玉女つまり仙女が衣を擣くきぬただというわけだ。山東には神女や玉女が天下る話がいろいろあるが、これもその一つである。きぬたの使用、山中の聖なる石の信仰がここに語られている。

聖なる山中の泉があれば俗なる人里の井戸もあった。王琰《おうえん》の『冥祥記《めいしょうき》』によると済陰の県の北端のところでは、庶民は戸外の井戸で水汲みをしていた。そのとき、鼻が高く目のくぼんだ胡人が井戸のそばに来て、水を飲ませてくれと言った。このへんには晋のころには、胡人が出没するようになっていたのであろう。

鳥・犬・馬

梁の上の神

河南、山東以外の華北の民俗については、六朝小説はあまり情報を提供してくれない。ことに生業活動についての情報が少ない。他方、民間信仰についてはいくつか面白い記述がある。

その一つは、住居の梁《はり》の上に神が住んでいるという信仰である。陝西から山西にかけて分布していた信仰らしい。本体は鳥か獣という。『列異伝』によると、漢中（陝西省）には欒侯《らんこう》という鬼神がいて、いつも梁の上にいて、鮓《なます》や野菜を好み、吉凶を予知した。甘露年間（二五六～二六〇）、蝗《いなご》の大群が発生したとき、郡の太守が使者をたてて欒侯に退治を祈った。欒侯は早速飛び立った。姿は鳩に似て、声は水鳥に似ていた。億万という鳥が飛んで来て、蝗を食べて全滅させた。これでは、欒侯は特定の住居に住んでいるのかどうかよく分からない。ただ公的な生活にとって頼りになる神である。

梁の上の神の一種と見てよいのは、承塵《しょうじん》の上の神である。承塵とは、天井から落ちるゴミを防ぐため、寝台などの上に張る板である。『捜神記』巻十八には、この承塵の上の神の話が出ている。博陵（河北省）の劉伯祖《りゅうはくそ》が河東郡（山西省）の太守をしていたとき、住んでいた邸の承塵の上に神が宿った。その神はいつも伯祖を呼んで話をした。都から詔書や勅命が届くときは、いつもこの神が伯祖に情報を予告してくれた。この神は羊の肝を好み、正体は古狸だった。この場合も、承塵の神は、公的な生活にかんして、情報を予告してくれる良い神である。

ところが、私的な生活については、承塵の神は良い神ではなかったらしい。『捜神記』巻九には、京兆《けいちょう》郡長安県（陝西省）の張氏という女の話が出ている。彼女の部屋に、鳩が一羽外から飛び込んで来て、寝台にとまった。張氏は鳩に向かって、私にとって災いになるなら、飛び上がって承塵にとまれ、私にとって幸いになるなら、懐に入っておいで、と言った。すると、鳩は懐に入った。しかし手を入れてみると、鳩はおらず、金の帯留めがあった。この帯留めのお陰で、彼女の子孫は金持ちになった。

この場合、形が鳩である点では、欒侯と同じである。ただここでは、公的な生活ではなく、女の個人的な幸不幸が問題になっている。その場合、この鳩が承塵の上にとまると、彼女には不幸になるのである。鳩はこの地域では、個人の幸福と深い関係のある鳥だったのかも知れない。そう考えさせる例が『捜神記』巻十一にも載っている。新興《しんこう》（山西省）出身の劉殷《りゅういん》は孝子であるお陰で、西の垣根の地下から粟が出て来たりした。また曾祖母の王氏が死んで柩《ひつぎ》をとどめている間に、隣家で出火したが、火は消え無事だった。その後、白鳩が二羽飛んで来て、庭木に巣をかけたという。それからどうなったのか分からないが、文脈から言って、鳩が庭木に巣を作ったことは、いずれにしても目出度いことなのであろう。

犬と未亡人

『幽明録』にはこんな話がある。晋の秘書監をつとめた太原（山西省）の温敬林《おんけいりん》が死んで一年、妻の柏《はく》氏はふと敬林が帰って来たのを見た。そこで一緒に寝た。敬林は若い人に会いたがらず、兄の子が会いに来たとき、小窓から顔を出して会った。その後、酔い潰れて正体を現すと、隣家の年を経た黄色い犬だったので、叩き殺した。

これと似た話は『捜神記』巻十八にもある。北平（河北省）の田琰《でんえん》は母を亡くし、喪に服しいつも廬《いおり》に寝起きしていた。ところがある晩、琰は妻の部屋に入り、妻がいぶかるにもかかわらず、妻と交わった。あとで琰は妻に妖怪が取り憑いたことを察し、喪服を廬の上にかけておいた。すると一匹の白犬が人間に化けて、この喪服を着て、妻のところに行った。そこを琰が殴り殺し、妻は恥じて、そのために死んでしまった。ここでは、本当の未亡人ではなくて、喪のため別居している妻のところに、いわば一時的に未亡人同様の状態にある妻のところに、犬が夫に化けて通ったのである。

時代はぐっと下るが、『聊斎志異《りょうさいしい》』の巻一にこんな話が出ている。青州（山東省）の商人某は遠方に旅に出て、いつも一年過ぎないと家に帰らなかった。このように、いわば一時的に未亡人同様な状態にあった妻は、家に飼っている白犬と性交するようになった。ところがある時、夫が帰って来て、妻と同衾していると、いきなりこの犬が入って来て、夫を咬み殺した。この女と犬は捕らえられ、罰として公衆の面前で性交させられ、それから死刑になった。

実録風に書かれているが、本当の出来事かどうか分からない。案外、当時フォークロアとして伝わっていた話を蒲松齢《ほしょうれい》が潤色記述したものかも知れない、と私は思っている。もしそうならば、六朝小説に出ていた話型が、少し変化はしても清代初期まで続いていたことになる。

他方、中国の外との関係も考えられる。私がここで思い出すのは、『元朝秘史』に出ている伝説である。ドブン・メルゲンの妻アラン・ゴアは、夫の死後、三子を生んだが、夫なくして子を生んだ理由を、子供たちに次のように説明した。夜ごとに光る黄色い人が、戸口の上の窓から入って、彼女の腹をさすり、その光が腹のなかにしみ入った。日、月の出入りのはざまに出るときは黄色い犬のように這い出て行った。これは天の子であった。これはチンギス・ハンの祖先伝説であるが、六朝小説に現れた華北の伝説もこれと無関係とは思われない。どちらも犬が未亡人のところに通う話である。ただモンゴル伝説では、この犬は聖なる存在であって、それと未亡人のあいだに生まれた子供から、後のモンゴル王家が発祥している。ところが六朝小説では、犬は夫を騙《かた》ったものとして、殴り殺される運命にあった。大きな相違である。

『元朝秘史』に出ている黄色い犬は、モンゴル・テュルク系統の民族の始祖神話に登場する始祖の狼と関係があると思われる。『元朝秘史』でも蒼い狼とその妻の淡紅色の鹿がチンギス・ハンの遠祖だと言い、高車《こうしゃ》の始祖伝説では匈奴《きょうど》の単于《ぜんう》の妹娘が狼と結婚したことになっており（『北史』巻九十八）、突厥《とっけつ》の場合、阿史那《あしな》氏の孤児が雌狼と結婚した形をとっている（『北史』巻九十九）。内陸アジア系の狼ないし犬との結婚による始祖伝説の影響は華北にも入って来たが、そこでは聖なる始祖伝説という性格を失い、たんなる奇談になってしまったのではないだろうか。

馬と目玉

華北は中国でも内陸アジアの草原に近いし、かつ六朝時代はまさに草原の牧畜民が華北に入って来た時代である。草原の牧畜民文化とのつながりや、さらに草原を経由して西方とのつながりを示す伝承があっても不思議ではない。たとえば『捜神記』巻十三に馬邑《ばゆう》の話がある。秦のとき、武周（山西省）の砦に城を築いて、胡人の侵入に備えることにした。しかし何度も完成しそうになると、崩れてしまった。すると一匹の馬が走り出し、ぐるぐると同じところを走った。その足跡に沿って城壁を築いたら、もう崩れなかった。そこでここは馬邑と名付けられた。その城壁は今も朔州《さくしゅう》にある。

この馬邑の伝説については、私は「動物の築いた城」という論文で論じたことがある。東アジアばかりでなく、ヨーロッパにも類話が多く、西方の印欧語族の世界から、内陸アジアの遊牧民を仲介として中国西北部、さらに東アジアの他の地域に広がったのではないか、と考えた（大林『東アジアの王権神話』第二十三章、弘文堂、一九八四年）。私の考えは、その後も変わっていないから、ここではもう繰り返さないことにする。

馬にかかわる伝承の一つに、こんな怪談が『述異記』（『太平広記』巻三二五）にある。敦煌（甘粛省）の索万興《さくばんこう》が役所の書斎に座っていると、奴子《どし》（下男）の一人が、頭巾をかぶり葦毛《あしげ》の馬を引っ張った男が門に入り込むのを見た、と知らせてきた。その男は黒色の革でつくったクッションのようなもの〔烏皮隠嚢〕を、庭の石畳の上に置くと、馬を引いて門から出て行った。クッションはひとりで転がり、書斎に入り、万興の膝元で止まった。四隅の皮がめくれ上がり、中には目玉がつまっていて、瞬きして不気味だった。まもなく四隅の皮がまた合わさり、転がって役所の東側のところで消えた。万興はぞっとして、それがもとで病気になり、死んだ。

馬自体ではなくて、馬との関連で目玉の怪物が現れる例は、『捜神記』巻十七（『太平広記』巻三五九）にもある。魏の黄初年間（二二〇〜二二六）にある人が、頓丘《とんきゅう》（河北省）の郊外で馬に乗って夜道を行くと、兎くらいの大きさで、両目が鏡のように光る怪物が現れたことがあった。男は驚いて落馬し、怪物に押さえ付けられて気を失った。やがて息を吹き返した男は、また馬に乗って道を進めた。途中で一人の男に出会い、事情を話して道連れができて心強いと言って、同行してもらった。男は馬に乗っているので先に立ち、道連れは後についてきた。道連れが、出会った怪物はどんな形だったのかと尋ねた。男はその形を物語った。道連れはちょっとわたしのほうを見てくれませんか、と言うので、男が振り向くと、さきほどの怪物がそこにいた。男は落馬し、馬だけが家に帰って来た。不審に思った家族が男を捜し出し、一晩経って男は正気に戻った。

ギリシア神話のメドゥーサを連想させるこういう目玉の怪物は、あたかも邪視（イーヴル・アイ）を物体化したようなものである。邪視の観念は東アジアにも少しはあるという説もあるが、ジョン・ロバーツの通文化的研究が明らかにしたように、邪視は世界中からサンプルとして選んだ一八六文化中、三六パーセントにしかなく、しかも地域的・文化的にも片寄った分布をもち、ことにインド、近東、ヨーロッパで発達しており、文化要素としては家畜の搾乳や乳製品と高い相関関係をもっている。六朝小説に現れた目玉の怪物は、西方の邪視と何らかの関係があると私は思っている。あるいは本格的な邪視の分布地域の縁辺の華北で、邪視は目玉の怪物に物体化したのかも知れない。敦煌の場合も、頓丘の場合も、ともに目玉の怪物の話に馬が登場するのも、この関連で考えると面白い。

嶺南の民俗

嶺南の動物たち

生活様式の幅

次の三章では当時の中国の南の辺境が対象となる。

まず嶺南《れいなん》の生活様式を窺わせる例を挙げよう。嶺南と言っても、一つの地域でなくて、あちこちに飛んでいるのは、資料が足りないからで、勘弁してもらうことにする。地域による相違ばかりでなく、社会の階層の違いによる相違もある。

まず庶民と言っても、役人の下っ端の生活である。『捜神記』巻十七に呉の孫皓《そんこう》のとき、朱誕《しゅたん》が建安郡（福建省）の太守になったときの話がある。誕の小使いの妻は、機織りをしていて、向こうの桑の木の上あたりを見て、話しかけたり、笑ったりしていた。木の上には、十四、五歳くらいの少年がいて、衿と袖の青い着物をまとい、青い頭巾をかぶっていた。小使いは本当の人間と思い、弓で射たところ、少年は箕《み》ほどもある蟬に姿を変えて飛び去った。その後、小使いは路上で少年二人が語り合っているのを見たが、その一人はあの蟬だった。

もちろん箕ほどもある蟬がいて、それが少年に化けて、人間の女とねんごろになったというのは事実ではない。しかし、小使いの妻が機織りをしており、そこからは近くの桑の木がよく見えること、小使いは怪しい者を弓で射ること、などは、この地域の生活様式をよく示している。蟬が出て来るから、これは夏の話であろう。

次にもう少し上の生活様式を見よう。その例を提供しているのは『捜神記』巻十六にある幽霊の訴えの話である。

漢のとき、蒼梧《そうご》郡（広西自治区）の高安県で、交州（ベトナム北部）の刺史の何敞《かしょう》が巡察に来たときに女の幽霊が現れて訴えた。女の姓は蘇《そ》、名は娥《が》、字《あざな》は始珠《しじゅ》といい、以前は蒼梧郡広信県の修里に住んでいた。幼いころ両親を亡くし、兄弟もいないので、同じ県内の施《し》家に嫁入りした。しかし不運にも夫に死なれてしまった。残ったのは絹の布一二〇疋《ぴき》と、致富《ちふ》という女中だった。近くの県に行って絹を売ろうと思い、同じ県に住む王伯という男から牛車一台を一万二千文銭で借り、娥が絹と一緒に乗って、致富が轡《くつわ》を取ってこの駅亭に来た。亭長は悪い男で、娥と致富を刀で殺し、空井戸のなかに投げ込んだというのである。そして娥は殺されたとき、上も下も白い着物をまとい、青い布の靴を履いていた。

これはかなり裕福な家であろう。牛車の借り賃が一万二千文銭とは、結構高いと思うが、それを支払ったところを見ると、夫は絹一二〇疋ばかりでなく、相当の銭も残したのではないかと思われる。

機織りが行われ、絹布が作られることは分かるが、農耕のほうはよく分からない。けれども田が象に荒らされた話がある。『異苑』巻三には象の恩返しの話がある。始興《しこう》郡の陽山県（広東省）で、ある農夫が田に行くと、ふいに一頭の象が現れ、彼を深い山奥に連れて行った。そこでは一頭の象が、足に大きな刺《とげ》がささって苦しんでいた。農夫は刺を引き抜いてやった。前の象は数本の象牙を掘り出して彼に与え、また田に送りとどけた。農夫は「私の田はいつも《大客》に荒らされて困る。もう荒らさないでくれ」と言った。それ以来その農夫の田はもう荒らされなくなった。

象を《大客》というのも面白い。シベリアでは熊を《おやじ》とか《じいさん》と呼ぶのが多いが、居住環境のなかで一番大きな動物には、敬意を表した婉曲な表現を用いる例がここにもある。ただし《大客》というのは、土地の言語（タイ系言語か）での表現を漢訳したものかも知れない。

この田では稲を作っていたのであろうが、稲はこの文章のなかでは明記されていない。しかし『捜神記』巻六には、呉の五鳳元年（二五四）六月、交阯《こうし》（ベトナム北部）で稗《ひえ》が稲に変わった。その昔、長江中流にあったという伝説的な国、三苗《さんびょう》が亡びそうになったとき、五穀が変種を生じたことがあった。その後、呉の孫権の子、孫亮は退位させられた、という記事がある。交阯で稗や稲を栽培していたことが分かる。地続きの嶺南も同じ作物を作っていたかも知れない。少なくとも稲は確実である。

鶏と死者と地下

家畜として牛車を引かす牛がいたことは既に触れた。家禽としては鶏がいた。『斉諧記《せいかいき》』（『太平広記』巻四六一）によると、広州（広東省・広西自治区）の刺史が親の喪にあって家に帰ったが、長男を元嘉三年（四二六）に病気で失い、その四年後には次男も病気で失った。するとある人が、雄鶏を一羽、棺のなかに入れておけと教えてくれた。棺へ入れられた雄鶏は、毎朝、夜が明けようとするたびに棺のなかで三度鳴いた。その声はうら悲しく、よく響き、鶏小屋のなかで鳴いたときと同じだった。そして一月たったのち、声は聞こえなくなった。

この話で私が思い出すのは、晋の王嘉《おうか》の『拾遺記《しゅういき》』に出ている地下の鶏についての二つの記事である。一つは巻六に載っている前漢の昭帝の始元二年（前八五）のことである。含塗《がんと》国がその珍怪を貢いだ。その使いの話では、王都を去ること七万里、鳥獣が言語をしゃべる。鶏犬で死んだものは、これを埋めても朽ちない。数世を経たのち、その家人が山の阿《くま》や海浜に遊ぶと、地中の鶏犬が鳴き吠えるのが聞こえる。そこで主人が掘り出して、家に帰ってこれを養う。すると、毛羽が禿げ落ちていても、更生し、久しくして光沢美潤となる。

また巻七によれば、後漢の建安三年（一九八）に胥徒《しょと》国が沈明石鶏《ちんめいせきけい》を献上した。色は丹《たん》のごとく、大きさは燕のごとく、常に地中にいる。時に応じて鳴くが、その声はよく遠くに徹る。その国では鶏が鳴くのを聞くと、犠牲を殺してこれを祀る。鳴くところを探り当て、地を掘ればこの鶏を手に入れることができる。もし天下太平ならば、鶏は飛び上がり飛び下り、もって嘉瑞とする。また宝鶏ともいう。その国には鶏は無く、地中を聞いて時刻をうかがう。『太平広記』巻四六一では、「胥徒」ではなくて「胥図」と記し、国がついていない。いずれにしても神話的な空想上の国であろう。

ふつう雄鶏は地上の屋外で黎明を迎えてときを作る。ところがこのように封鎖された暗黒の空間たる棺のなかや地下で鳴く鶏とは何とも不気味である。中華から遥かに遠くの辺境の国のなかには、地下で鶏が鳴くという、正常とは逆の現象もありうるのだ、という考えがここにある。

ここで赤い鶏が出て来るのが面白い。赤い鶏は死者とも関係がある。『捜神後記』巻四（『太平広記』巻二七六には『幽明録』として引く）によると、晋のとき、広州太守の官邸に厩《うまや》があり、その一室に馬子《ばし》という息子が一人で寝起きしていた。夢に十八、九歳の娘が現れ、四年前に化け物によって殺されたが、私にはまだ余命がある。貴方の力添えがあれば生き返れる、と言った。娘は土間に埋まっていた。蘇生の日が近づくと、自分を掘り出して介抱する方法を馬子に教えた。決められた日になると、赤毛の雄鶏〔丹雄鶏〕を一羽、黍《きび》飯を一杯、清酒一升を娘が葬られている地点の前、厩から十歩あまりのところに供え、祭りを済ませてから棺を掘り出した。毎日、黒い羊の乳を両方の目に注ぎかけると、娘は次第に口を開き、粥を呑むことができるようになった。馬子はこの生き返った娘と結婚して、二男一女が生まれた。

この話の登場人物、馬子は東平（山東省）の馮孝将《ふうこうしょう》の息子であり、娘は前任の太守の北海（山東省）の徐玄方《じょげんほう》の娘である。したがって、この話は純粋の嶺南の習俗を表したものではない。むしろ華北の習俗である。それが支配者とともに嶺南に入ってきた様子が窺われて面白い。羊の乳の呪術などは北のものであろう。黍飯もそうかも知れない。また雄鶏について言えば、ここでは雄鶏は供犠されていることが注目される。華南でも死者への雄鶏の供犠がそれ以前から行われていたかどうか、興味ある問題である。いずれにしてもこの雄鶏は、酒や黍飯と一緒に供えられたのだから、この習俗をもっていた人たちは、鶏肉を食べる習慣のある人たちであったろう。また赤い鶏は他の色の鶏とどう違う役割やシンボリズムをもっていたのか、面白い問題である。

鶏と死者や葬儀との関係は、今日の中国西南部の少数民族のところでも観察される。雲南省元陽県新寨《しんさい》でハニ族の葬式を調査した曽紅によれば、湯灌《ゆかん》の儀が終わると、鶏一羽を死者に供える。天国には何千万羽もの鶏を飼っている養鶏場があり、死者は鶏をもらってその養鶏場で飼うのだという。納棺のときも、棺には鶏を一羽供えることが不可欠である。また墓地を選定し、埋葬するにあたっても、鶏の卵で占いを行う（曽紅「ハニ族の葬俗と日本の葬俗との比較」『東アジアの古代文化』七一号、一九九二年)。

田螺の宇宙論

前に私は「川辺と水田で働くもの、訪れるもの」で『捜神後記』巻五に載った白水素女の話を紹介した。ここではもう繰り返さないが、これは田螺《たにし》女房の話である。天の川のなかにいる女が地上では田螺の形をとり、人間の形になり、妻になる話である。田螺は天上の水と地上を結び付けているばかりでなく、女であることが重要である。そして彼女が地上を立ち去るとき、突然風が起こり、雨が降りだし、天女は舞い上がり、昇天した。

そして巻き貝は嶺南では重要な動物性蛋白源であり、それを採集するのは女だった。『捜神後記』巻一(『太平広記』巻三九八)によると、中宿《ちゅうしゅく》県(広東省清遠)に貞女峡《ていじょきょう》というところがある。峡谷の西岸の水際に人間の形をした石があり、娘のように見え、これを《貞女》という。秦の時代に数人の娘が、ここで巻き貝(螺《ら》)を取っていた。たまたま風雨が襲って昼も暗い状態になったと見るうち、一人の娘がここで石になったという。川で巻き貝をとっていると、風雨が襲い、娘の一人が石に化したというのは、地上の水から巻き貝を取り去ることによって天空の水が反応を起こしたことを意味する。白水の素女の昇天のときも、風雨が生じたのと対応している。ともに巻き貝が空間的に移動すると、風雨が生じたのである。巻き貝は天空の水と地上の水との接点にある。

いずれにしても巻き貝と女との関係は、地域は違うが『異苑』巻八によると、益州《えきしゅう》（四川省成都）にもあった。宋の文帝の元嘉（四二四〜四五三）の初年、益州の王雙《おうそう》が、ふいに明るい場所を嫌うようになった。いつも水を運んで地に撒き、その上に菰《こも》を敷いて、寝るときも食べるときも、すべてそのなかにもぐりこんだ。雙は青い裳《も》と白い領布《ひれ》つまりスカーフをつけた娘が訪れて来ると、一緒に寝るのであった。しかしこの娘はじつは長さ二尺もある蚯蚓《みみず》だった。雙の話では、その娘から箱に入ったとても香りのよい香を贈られたという。箱とは田螺の殻〔螺殻《らかく》〕で、香とは菖蒲《しょうぶ》の根であった。当時の人々はみな、雙はしばらくの間、蝗《いなご》と同じ身分になったのだと言い合った。

蚯蚓は蝗と夫婦の交わりをすると考えられていたのである。

蚯蚓は湿った地面のなかを這い、大地と湿潤の原理を表している。これに反して、蝗は乾燥した空中を飛ぶから、天空と乾燥の原理を体現している。こう言うと、すこぶる大袈裟に聞こえるかも知れないが、スケールこそ小さいとは言え、立派な宇宙論の表現である。ただしここでは天空の水は出て来ないから、風や雨に襲われることもない。けれども、二つの宇宙領域の接点に巻き貝があることは、形こそ違え、前の例と同じである。たかが田螺などと馬鹿にしてはいけない。嶺南の宇宙論を探る貴重な手掛かりなのである。

鳥と蛇

怪鳥の不死の薬

前章で問題にした丹鶏は死や地下と密接に結び付いていた。ところが不死の薬と関係のある鳥もいた。王嘉の『拾遺記』巻一によると、舜《しゅん》は死んで蒼梧《そうご》の野（広西自治区）に埋葬されたが、そこに雀に似た鳥がいる。その鳥が丹州《たんしゅう》から飛んで来て、五色の気を吐くと、まるで雲のようにそこら一面にたちこめる。この鳥は凭霄雀《ひょうしょうじゃく》といい、土を啄《ついば》んで飛来し、その土で墳丘を造るのである。この鳥は姿と色を変える。高い林の上に集まり、樹木にとまっているときは鳥の姿をしているが、地上にいるときは、獣の姿になり、自由自在に変身する。

この鳥はふだんは丹海の水際で遊んでおり、ときには蒼梧の野に飛んで来る。青い色をした丸い砂粒を啄んで来て、これを積み上げて墳丘を築く。それは珠丘《しゅきゅう》と呼ばれる。その珠は粒はごく細かく、風が吹くと埃のように舞い上がるので、珠塵《しゅじん》と呼ばれている。

いま蒼梧の僻地の山中で、薬草を採って暮らしている者が、時に青い石を見ることがある。真ん丸で、真珠のように美しい石で、これを呑むと死ぬことがなく、これを体に帯びると、身が軽くなると言われている。

この話で面白いのは、この鳥が丹州から飛んで来るとか、丹海の水際で遊んでいると言われていることである。これは丹鶏の丹を思い出させる。丹鶏の丹は赤いという意味であって、丹州から来たとか、丹海に棲むということではないであろうが、それにしても丹の字が共通なのは気にかかる。また丹州も、陝西省の丹州かどうか明らかでない。丹州、丹海ともに、ここでは神話的な地名なのかも知れない。

『水経注』巻四十に『異苑』に曰くとして「東陽（浙江省）の顔烏《がんう》は淳孝《じゅんこう》を以て著聞《ちょぶん》す。後《のち》群烏有りて土塊を銜《くわ》えて墳をつくるを助く。烏口《うこう》皆傷つく。（中略）また其の県を名づけて烏傷《うしょう》と曰《い》う」と出ている。ただし古小説叢刊本の『異苑』巻十に載っている文章では、群烏が鼓を銜えて顔烏の居る村に集まったとあり、肝心のところが違っている。しかし『水経注』に引用の『異苑』では、浙江省にも烏が土を銜えて来て墳丘を造った話があったことになるのが面白い。

いずれにしても鳥が土を啄んで来て墳丘を建造したという話は、精衛《せいえい》の伝説を思い出させる。『山海経』北次三経によれば、炎帝の末娘の女娃《じょあ》は、東海に旅行して帰れなくなった。そのため精衛という鳥になり、いつも西方の山の木や石を口に銜えて、東海を塡《う》めようとしている。地域も北になるが、一つの比較例である。

トイレの化け物

鳥の話が続いたから、ついでに鳥と関係のある問題をもう一つ取り上げよう。トイレに化け物が出るのは現代の日本の学校だけではない。六朝時代の嶺南もそうであった。

『述異記』によると、広州（広東省）の顕明寺の僧、法力《ほうりき》が、ある朝便所に行くと、戸を開けたところで化け物にぶつかった。姿は崑崙《こんろん》に似ていた。目は二つとも黄色であり、着物はなく、丸裸のままだった。法力は怪物を縛りつけて、本堂の柱に吊るし、杖で叩いたが、決して声を出さなかった。そこで鉄の鎖を使って縛り上げて、他の形に化けるかどうか観察したが、日が沈んで暗くなると、どこかへ逃げてしまった。

この話は二重の意味で面白い。一つは広州と東南アジアとの交流が示されていることである。つまり崑崙人とは、東南アジア系の皮膚の黒い人で、このころから奴隷として入って来ていた。それがここに登場しているからである。もう一つは、トイレに化け物が出ることである。

『捜神後記』巻八には、別の例が載っている。王機が広州（広東省・広西自治区）の刺史になり、あるとき厠に入った。すると忽ち烏衣《うい》（黒い衣）を着た二人を見た。機は二人と相争ったが、かなりして捕らえた。得たのは二物であって、烏鴨《うおう》のようであった。鮑靚《ほうせい》に問うたところ、この物は不祥だと言う。機がこれを焚いたところ、上天に飛んで行った。探して殺した。

地域はどこか詳らかでないが、もう一つトイレの化け物に気づいたので付け加えておこう。『幽明録』(『太平広記』巻三二八)によると、阮徳如《げんとくじょ》は、あるとき便所で鬼《き》(幽霊か)に出会った。身の丈は一丈あまり、色は黒くて目は大きく、黒いかたびらに、上が平らな頭巾をつけて、すぐ目の前のところに現れた。徳如が落ち着きはらい、笑って「人言う鬼は憎むべし」と言うと、思ったとおり赧《あか》くなって退いた。

これらトイレに出現した化け物には、いくつかの共通点がある。いずれも色が黒いか、あるいは黒衣をまとっていた。そしてどれも、トイレに入って来る人間に対しては別に攻撃的ではない。またみな人間にやられてしまうから、強さもそれほどではないらしい。阮徳如の前に現れた鬼などは実にしおらしい。さらに『述異記』の例では、声をあげなかったことが特記されているが、その他の例でも、別に口を利いたことは出ていない。またいつも同じ姿のわけではなく、変身する存在らしい。『捜神後記』の例では鳥類らしい。

山中の大蛇

嶺南の山地のあちこちには大蛇がいた。そして大蛇と人間は、さまざまな接触の仕方をしていた。蛇自体を食べる人、蛇の卵を食べる人、そして人間を食べる大蛇がいた。そして全体としては、大蛇は人間によって圧迫されつつあった。

『捜神後記』巻十（『太平広記』巻四五七）によると、元嘉年間（四二四〜四五三）に、広州（広東省）の男三人が、一緒に山中に入って、木を伐っていた。すると石の穴のなかに卵が二個あるのに気づいた。これを取って煮たところ、湯が熱くなり始めると、林中に風雨の声のようなものが聞こえた。しばらくすると、十囲ほどの大きさで長さ四、五丈もある蛇が一匹やって来て、湯のなかの卵をくわえて去って行った。三人は間もなく死んでしまった。

この大蛇の性別は記されていないが、私はやはり母蛇が自分の産んだ卵を救ったと見るのが自然だと思っている。もう一つ面白いのは、樵夫《きこり》が卵を茹でてか、煮て食べようとしたことである。彼らは山のなかで見つけた鳥の卵などを茹でて食べることをふつうに行っていたから、こんな事件も起こったのであろう。また卵を茹でたり煮たりするには、当然鍋が必要である。樵夫たちは、仕事で山に入るときに、鍋を持参して行ったに違いない。

蛇自体を食べる例としては、『水経注』巻三十七の交趾《こうし》、つまり今のベトナム北部の五水の項にこんな記事がある。山には大蛇がたくさんいて、髯蛇《ぜんだ》と呼んでいる。長さが十丈、まわりが七、八丈もある。樹の上で、鹿や獣の通るのを待っている。見つけると、頭をたれて絡み付いて殺す。そしてまず小便をかけて濡らして呑み込む。頭や角は皮を突き切って出す。土地の山賊は蛇が動かないと見ると、大きな竹の籤《くし》で蛇の頭から尻尾にいたるまで刺し、殺して食べる。それは珍味である。また楊氏『南裔《なんえい》異物志』を引いて、女性の衣服を投げると、わだかまって動かないとも記されている。

この最後の点から見ると、この大蛇は女性に弱いのか、それとも女の汚れに敏感なのであろう。

ここで思い出すのは、言うまでもなく、少女が大蛇を退治した福建の伝説である。つまり、『捜神記』巻十九によると、東越閩中《びんちゅう》の庸嶺《ようれい》の西北の湿地に大蛇がいた。長さ七、八丈、大きさは十余囲にも及んだ。大蛇は誰かの夢か巫祝《ふしゅく》をとおして少女の犠牲を要求した。毎年、都尉《とい》(辺境の郡におかれた軍事を司る官)や県令《けんれい》や県長(ともに県の長官)は婢《はしため》や罪人の娘を大蛇に捧げ、その数は合計九人に及んだ。将楽《しょうらく》県の李誕《りたん》の家に六人の娘がおり、末娘の寄《き》が大蛇に捧げられることを志望した。寄は好剣を懐にし、咋蛇犬《さくじゃけん》を伴って、八月一日に廟に赴きなかに座った。あらかじめ数石《こく》の米餈《べいし》に蜜䴬《みっしょう》を灌《そそ》ぎ、大蛇の穴の入口においた。香気を嗅ぎ付けて蛇が出て来て食べようとすると、犬が噛み付き、それに続いて少女が蛇を斬った。蛇は庭に出て死んだ。越王はこれを聞いて寄を后にし、父を将楽県の県令にし、母や姉にも賞を賜った。

この話は昔からスサノヲの八岐大蛇《やまたのおろち》退治の神話と比較されてきた。人身御供を要求する大蛇、名剣をつかっての大蛇退治、それに蛇に好物の飲食物を与えてから斬り殺す点などの共通点がある。

しかし、他方では八岐大蛇退治とは違う点もある。その一つは大蛇退治を犬が手伝った点である。この点では『今昔物語』巻二十六第七話の美作《みまさか》中山の猿神退治と共通している。東人《あずまびと》が犬と刀で猿を退治したのである。もう一つの相違点は、大蛇退治の主人公がスサノヲのような男性の英雄ではなくて、寄という少女である点である。

ここで思い出すのは、後世の例ではあるが、福建の臨水夫人《りんすいふじん》である。清の施鴻保《しこうほ》の『閩雑記《びんざっき》』や梁章鉅《りょうしょうきょ》の『退菴《たいあん》随筆』などに記されたところによると、臨水に洞あり。巨蛇を産す。時に気を吐いて疫癘《えきれい》をなす。一日朱の衣をきたる人あり。剣を執りて白蛇をもとめて之を斬る。すなわち神たることを知る。郷人、その神のために廟を立てて洞に祀る。これが臨水夫人である（沢村幸夫『支那民間の神々』八五頁、象山閣、一九四一年）。この臨水夫人も、寄と同様に福建の人であるのが面白い。あるいは福建には女性が大蛇を斬り殺して退治したという伝承が続いていたのであろうか。

まだ他にも付け加えたいことが二つある。その一つは八月一日が大蛇への供犠の日だったことである。つまり月が出ない、暗闇の夜に犠牲が供えられたのである。月の照る八月十五夜が人間にとって楽しい祭りの機会であることは、後世の華南のあちこちで見られるが、それと著しい対照をなしている。また世界的に見て、蛇は月と関係が深いが、満月のときではなく、月の出ない夜が蛇を祀る機会だったことは、大きな問題に連なることになるかも知れない。

もう一つは、大蛇に供えた食物である。糯《もちごめ》の飯をこねて餅のようにしたもの（米餈）に、蜜を混ぜこんで糊状にした麦粉（蜜麨）をそそぎ、これを大蛇の洞窟の入口においた。あるいはこのようなものをこの地域では、神祭りのときに神に供える習慣があって、それの反映かもしれない。結構おいしそうである。この大蛇はグルメだったのであろう。それにしてもわが八岐大蛇は酒が好物で辛党なのに、福建の大蛇は甘党というのも面白い。いずれにしても米で作った食品が重要な供物だったとすると、そこには日本にも通ずる稲作文化の背景が窺われる。

臨水夫人（台湾・台南鹿耳門天后宮）

恐怖の毒茸、異様な樟

嶺南では、山のなかには、危険な蛇ばかりでなく、危険な茸《きのこ》もあった。『異苑』巻二によると、交州（ベトナム北部）の諸菌は、葉でもって人の体に塗ると、体中に茸がはえ、一面に生えると朽ち爛《ただ》れ、肌肉は消え腐ってしまうという。

聞いたことのない毒茸で、本当にそんな茸があるのかどうか知らないが、恐ろしい話である。この場合は別に食べたことは出ていない。しかし中国において食用や薬用の茸について豊富な情報を集める過程で、ふつうの茸とは違う変わったものに出くわすことも少なくなかったに違いない。

植物の話になったから、もう一つの話を見よう。建安郡（福建省）では、『捜神記』巻十八によると、陸敬叔《りくけいしゅく》という男が、樟《くすのき》を斧で切ったところ、木から血が出て来た。すると人面犬身の怪獣が木から出た。これは彭侯《ほうこう》という。煮て食べたところ、犬のような味がしたという。

樟が登場するのはこの地域の特色を示している。芳香や薬用効果もあり、樟は後世でもしばしば神聖視されてきた。彭侯とは、樟の神霊のことかも知れない。それにしてもそれも食べてしまったとは、山人は何でも食べてみる人たちだったことを思わせる。広州の樵夫が山中で蛇の卵を煮て食べようとした話と好一対である。

神々と首

江神と鬼母

死者や神にたいしては礼を以て接し、あるいはその希望に添うようにすれば良いことがあるが、さもないと悪い結果になる。『異苑』巻七に蒼梧《そうご》郡（広西自治区）の王士燮《おうししょう》の話が出ている。漢末に交趾《こうし》（ベトナム北部）で死に、遂に南境に葬られた。しかし墓は常に霧を蒙り、霊異はいつも同じではなかった。しばしば反乱を経て、また掘り出すことはなかった。晋の興寧年中（三六三〜三六五）、太原（山西省）の温放之《おんほうし》が刺史となり、みずから馬に乗って行き、墓を開いた。ところが還ると馬から墜ちて死んだ。

嶺南の神について二つ例を挙げよう。一つは江神《こうじん》で、もう一つは鬼母《きぼ》である。『異苑』巻五によれば、秦の時代に中宿《ちゅうしゅく》県（広東省）の県城から十里ばかりの郊外に、観亭《かんてい》江神を祀る祠《ほこら》があった。信心のない者がその前を通ると、必ず気が狂って山中に走り込み、虎に化してしまうと言われていた。

晋のとき、質子将《しつししょう》が洛陽（河南省）に行った帰り道、一人の旅人が彼にこう言って手紙を託した。「私の家は観亭江神の祠の前で、そこに石の間から垂れた藤があります。あなたはそこへ行って、黙って藤を叩きなさい。すると応ずる者がいるでしょう」。

質子将は祠に立ち寄って頼まれたとおりにした。すると二人の者が江《かわ》のなかから姿を現し、手紙を受け取ると水中に姿を消した。しかしまた現れて「江の殿様がぜひお会いしたいと申しております」と言った。行ってみると、そこには立派な御殿が立ち並び、山海の珍味や芳醇な酒も用意されていた。しかし接待の様子も、交わす言葉も、この世のそれとは全く変わることがなかった。

この江神の伝説には、不信心なものが虎になるとか、江神を訪問するときには藤を叩くというような面白い特徴があるものの、江神自体の性格については別に語られていない。

これに反して特異な性格をもっていたのは鬼母である。つまり任昉《じんぼう》の『述異記』巻上には母神の伝承が載っている。南海の小虞山《しょうぐざん》（広東省）に鬼母がいる。この鬼母は天と地を生み、そして鬼を産むことができる。一度に十人の鬼を産むが、朝に産んだ鬼を日暮れには食べてしまう。現在蒼梧（広西自治区）に祀られている鬼姑神《きこしん》がこの鬼母である。この神は頭が鬼、四肢が竜の形をしており、目は蟒蛇《うわばみ》に似て円く、眉は蛟《みずち》に似て連なっている。

この鬼母は後世には鬼子母神《きしもじん》に比せられるようになった。宋の趙徳麟《ちょうとくりん》の『侯鯖一臠《こうせいいちれん》』巻一にこう記されている。宋の魯応竜《ろおうりゅう》の『閑窓括異志《かんそうかついし》』によれば、南海の小虞山に鬼母がいて、一度に千鬼を産む。朝産むと、暮れにはこれを食べる。今蒼梧に鬼姑神がいるが、これである。虎頭竜足蟒《ぼう》目蛟眉《もくこうび》である。釈氏を案ずるに、鬼子母神がいる。これまた一度に千鬼を産んで、甚だこれを可愛がり、人間を捕らえては餌にする。釈尊がかつて一日一人の鬼を鉢のなかに隠したところ、鬼母は大変これを悲しんだ。その後は人を捕らえなかったというから、南海の鬼母とは少し違っている。『括異志』に引くところは任昉の『述異記』に出ている。

以上が『侯鯖一臠』の記事である。ここでは鬼母は蟒目蛟眉であるばかりか、虎頭竜足であって、一層異様な外観を呈している。

鬼子母神に劣らず私が比較すべきものと思っているのは、太陽と月の争いの神話で、ことに東南アジア島嶼部からマレー半島、インド半島東北部にかけて広く分布しているものである。一例だけ挙げれば、インドネシアのニアス島の神話ではこう語っている。太陽と月はそれぞれ子供をもっていた。子供とは星のことである。以前は太陽が二つあり、今日のような月はなかった。そして一つの太陽が他の太陽に向かって「二人とも子供を食べてしまおう」と提案した。相手はそれに賛成した。そして相手は本当に子供を食べてしまった。ところが提案したほうの太陽は、食べないでおいて、相手が食べ終わったころ、隠しておいた子供を出した。騙されたほうの太陽は、怒って、人差し指で相手の目をつぶしてしまった。目をつぶされてしまったほうの太陽は、その結果、光が弱ってしまい、月になってしまった。ところが子供を隠しておいたから、夜になると、自分が天に出るとき、子供を連れて出て来る。けれども、本当の太陽のほうは子供を食べてしまったから、天に昇るときは、子供なしに一人で昇るというのである。

これは太陽が昇ると、満天の星は姿を消すが、夜、月が出るときは、多数の星を伴っていることにもとづいた神話である。蒼梧の鬼母には、この太陽と月の争いの神話の太陽の面影があるかもしれない。しかし鬼母伝説には、対立者の姿は見えないし、太陽が子供を食べるのは、朝日の出の時なのに、鬼母の場合は、朝産んだ千鬼を夜食べると言っていて、これと合わない。このような相違はあるものの、私は、鬼母伝説がこの太陽と月の争いの神話の断片ないし変形したものである、あるいはなにか遠い関係があるという可能性をまったく捨て去る気持ちにはなれない。

いずれにしても、小虞山の鬼母は、嶺南の母神信仰についての古い記録として、大いに注目に値する。彼女は後世の黎母《れいぼ》と同一系統なのではないか、と私は疑っている。たとえば清初の陸次雲《りくじうん》の『峒谿織志《どうけいせんし》』によれば、「相伝うるに太古の時、雷一卵を攝《も》って山中に至り、遂に一女を生ず。歳久しくして交趾蛮《こうしばん》の海を過ぎ香《こう》を採る者有り、これと相合し、遂に子女を生ず。是れ黎人《れいじん》の祖なり。因《よ》りて其《そ》の山を名づけて黎母山と曰う」。嶺南の原母あるいは大母の問題は、一層の研究が必要な問題である。

落頭民と首を失った男

嶺南には一時的に首が身体から離れる話がいくつかある。たとえば『異苑』巻四（『太平広記』巻一四二）にも首の話がある。太原（山西省）の王徽之《おうきし》は、宋の文帝の元嘉四年（四二七）に交州（ベトナム北部）の刺史を拝命し、赴任の途中、来客があったので、酒と炙り肉を注文した。言い終わらないうちに炙り肉が来た。そして炙り肉を自分で切ったが、どうしても食べられない。肉を地面に投げ捨て、腹を立てて肉を睨みつけると、今まで炙り肉だったものが、徽之の首に変わっていた。そしてその首が空中に浮かび上がった。そしてたちまち消えてしまった。徽之は任地へ到着するとすぐに死んでしまった。

これよりもよく知られているのは『捜神記』巻十二に載っている落頭民の記事である。秦のころ南方に《落頭民》という民族がいた。首が体から離れて飛び回るのだった。彼らの集落には一種の祭祀があり、《虫落《ちゅうらく》》と呼んだ。そのためその集落には虫落という名が付けられた。

落頭民の女が呉の朱桓《しゅかん》将軍の女中になったが、夜寝ると首が抜け出て飛んで行った。蒲団をかぶせておくと、蒲団が邪魔になって、戻って来た首は胴体にくっつかない。蒲団をどけると、首はまた飛び上がって頸につき、女は眠りについた。

また南方に遠征したものが、この類の人を手に入れ、ある人が体に銅盤をかぶせておいたところ、首がなかに入れず、死んでしまった。

ここで虫落という言葉が出て来るが、私にはこれがよく分からない。別に虫という字に頭という意味があるわけでもないだろうし、おそらく現地の言葉の音を漢字で記したものではないかという気がする。ぜひ専門の言語学者の意見を聞きたいものである。

それはともかくとして、近代の昔話にも、浙江省新市には、精霊が髪を梳《くしけず》るために頭を取り外す話のあることを、私はエーバーハルトのTypen chinesischer Volksmärchen（『中国民譚の諸形式』一九三八年、一七三〜一七四ページ）で知った。これも嶺南と江南との文化的関連を物語る一例と見てよいであろう。

同じ『捜神記』の巻十一には、首を失った奇談がある。漢の武帝のとき、蒼梧（広西自治区）出身の賈雍《かよう》が豫章郡（江西省）の太守になった。彼は神術を心得ていたが、あるとき郡境の賊軍を討伐に出掛けたところ、賊に殺されてしまった。すると首がないまま馬に乗り、軍営に帰って来た。雍は胸のなかから声を出して、「首のあるほうがいいか、無いほうがいいか」と尋ねた。兵隊たちは、涙を流し、「首のあるほうがようございます」と答えた。すると雍は「首の無いのもよいものだ」と言って息絶えた。

時代はくだるが『封神演義《ほうしんえんぎ》』第二十六回、二十七回には、同じモチーフが出て来る。しかしそこでは頭ではなく、心臓を失った男の話である。比干《ひかん》は、自ら心臓を抉り出し、殷《いん》の紂王《ちゅうおう》の前から姿を消した。馬に乗って北に進むと、無心菜《むしんさい》（茎の中が空洞になった菜）を売りに城《まち》に行く老婆に出会った。比干が老婆に「人間は心臓がないとどうだ」と聞くと、老婆は「人間は心臓がないと活きていられません」と答えた。これと同時に比干は落馬し、胸の傷から血を噴いて死んだ。

嶺南と東南アジア

モチーフとしては同じでも、頭ではないから、嶺南の頭を失う話とは文化的背景が違っている。面白いことに、この賈雍の伝説の類話で、しかも頭を失う伝説が広西のすぐ南のベトナムに見られる。手元の水谷乙吉『安南の民俗』（育生社弘道閣、一九四二年）を見ても二つ載っている。

一つは李服蛮《リーフックバン》の伝説である。ベトナムのハドン省とソンタイ省には村の鎮守としてこの将軍を祀るところが少なくない。李服蛮は前李南帝《チエンリーナム》つまり李賁《リーボン》の将軍だった。しかし戦闘中、敵に首を刎《は》ねられてしまった。剛毅な彼は頭を頸にのせ、馬を馳せて故郷の安所《エンソ》に帰った。茶屋の亭主に向かって「人間は首なしで生きていられるか」と訊ねた。亭主は笑って、「そんな馬鹿なことはできません」と答えた。服蛮はこの返事を聞いて、馬もろとも林中に走り込んで死んだという。

首を斬られても奮戦した人に段尚《ドンチョン》という李朝末（十三世紀）の将軍もいた。

首への関心は別の形でもあった。元《げん》がベトナムを攻めたとき、元軍の将軍脱歓《トアイホアン》王子は阮伯《ニュイエンバック》霊《リン》またの名を犯顔《ハムニアン》というものを副将とした。ベトナムの国巡《クオックチュアン》将軍は犯顔を虜にした。命じて首を斬らせたところ、どんな方法で斬り落としても、新たに首が生えて来て、策の施しようがなかった。国巡は天に祈り、剣を清めて犯顔の首を斬り落とすことができた。

いずれにしても、ベトナムの伝承も首を失うことに大きな関心をもっている。その点で嶺南との連続性は疑うことはできない。

嶺南の南には、かつて首狩りがさかんに行われていた地域が広がっていた。アッサムから雲南・ミャンマー国境地域、さらに台湾、インドネシアなど東南アジア島嶼部、ニューギニアにかけての地帯である。首に霊魂の座があるとか、首に特別の力、ことに作物の豊饒を促進あるいは確保する力があるというような信仰から首狩りの習俗が始まったと考えられる。また西北ニューギニアのコルワル像のように、彫像の頭のところに本物の頭蓋骨を載せる例もある。さらに頭蓋骨保存の習俗もニューギニアなどに多い。

嶺南の落頭民、首を失った男の話は、この南方の頭蓋崇拝や首狩り地帯の北への延長線上にある。嶺南の古い民俗を考える場合、東南アジアとの比較が必要なのである。

私は、六朝小説をたよりに、江南・楚蜀・華北・嶺南というぐあいに中国全土を見てきた。そして、それぞれの地域にいろいろ違う伝承・信仰があることを知った。もちろんこれだけでは、当時の中国における文化領域を区分するだけの十分な資料ではない。しかし、いかに地域的な相違があるか、またいかにそれら信仰や伝承が多彩であるかをよく語っている。

〈補説〉

東アジアの水稲耕作文化

正月行事――若水汲みその他

一九九二年の暮、私は『正月の来た道――日本と中国の新春行事』（小学館）という本を出した。私はこのなかで、若水《わかみず》汲み、新春の石合戦、新年の来訪者といった、日本と中国、それに朝鮮半島において行われて来た新年の行事が水稲耕作文化を背景にしていることを論じた。また正月と八月十五夜に里芋を食べる習俗も、中国東南部の水稲耕作文化地域で年中行事として確立してから日本に入ったものであろうと考えた。

このような構想は、私が執筆当時に知っていた事例の分布にもとづいている。もう少し詳しく言うと、若水を汲む習慣は東北地方から沖縄まで、日本列島にほとんど普遍的に分布しているが、朝鮮半島では西部に限られているらしく、また日本に近い地域にはないようである。しかも汲む日も元旦でなく、辰の日とか十五日と言われている。

中国では、元旦には水を汲まないのがふつうであるが、中部から南部にかけて、点々として元旦の儀礼的な水汲みが分布している。ことに広西や雲南に事例が多い。また変種としては七月七日の水汲みが広東にあり、河北や浙江には六月六日に水汲みを行うところもある。

分布の全体から受ける印象に、この儀礼的水汲み行事は、焼畑耕作文化の一部も行ってはいるが、元来新年行事としては長江流域以南の水稲耕作文化に属するものであったと思われる。しかし、長江も下流の漢族のところでは、正月に水を汲まない風習に圧倒されて消滅したように見える。日本へは江南で若水汲みの習俗がなくなる以前に入ったものであろう。朝鮮の事例は中国からの影響を物語っている。

正月と八月十五夜に里芋を食べる習俗は、日本では東北地方南半から九州まで広く行われている。中国では長江下流と広東・広西に多い。朝鮮半島では八月十五夜に食べるが、正月には特に食べることは報告がないようである。この分布は、エーバーハルト流に言うと〈越《えつ》文化〉とでも言うべき中国の地方文化に、この習俗の中心があったことを考えさせる。

石合戦は日本ではことに西日本に多く、朝鮮半島ではかなり広く分布している。中国では福建から広東、貴州にかけて分布している。中国では正月の豊穣儀礼としての性格が著しい。石合戦も里芋を儀礼食にする習俗も、ともに焼畑耕作民のところには事実上行われておらず、水稲耕作民の習俗と言ってよい。ただ、石合戦は危険なゲームであるので、禁止されもしたし、早くから行わなくなったところが多く、中国では福建、広東などにわずかに残っているだけである。しかし、かつて江南でも行われていたことを考えないと、朝鮮や日本における分布との関連を説明するのは困難であろう。

最後に、正月に祝福の門付けが来たりする習俗は、日本と中国では、元日ないし二日と十五日の二つの時期に行われるが、朝鮮半島ではもっぱら十五日である。中国では長江流域と福建・広東・

広西にさかんに行われ、分布は水稲耕作地帯である。

このようにして、『正月の来た道』で取り上げた新年の習俗に関する限りでは、焼畑耕作文化と元来結び付いていたとは考え難く、水稲耕作文化との結び付きが明瞭である。そして日本は朝鮮よりも中国の習俗により類似する傾向が見られる。また新春の来訪者を除くと山東半島に事例がないことも注目される。

しかし、このように考えが固って来たのは近年のことである。以前は、ことに一九六〇年代には私は若水汲みや儀礼的食物としての里芋などは、焼畑耕作文化に属するという解釈をとっていた。それが考えが変り、水稲耕作文化を重要視するようになったのである。

ではなぜ考えが変ったのか、それは早く言えば中国における民俗資料が、各種の民俗辞典その他の形で利用しやすくなり、分布像の大勢がつかめるようになったからである。それまで不充分な資料で分布像がつかめず、誤った解釈におちいっていたのを、旧稿をあつめて一冊にまとめるに当たって訂正したのである。

私が『正月の来た道』で行ったことは、東アジアにおける水稲耕作の起源論ではない。中国で形成発展した水稲耕作文化に属する正月行事が、日本の正月行事のいくつかのルーツだろうという仮説を提出しただけのことである。この本で取り扱った資料から、稲作起源説に何か発言できるとは思わない。確立した水稲耕作文化の若干の要素の伝播、ことに東方への伝播の問題を論じたのである。

質問に答えて

私が『正月の来た道』で、水稲耕作文化を重視しているのを見て、受けた質問のなかに、ここで答えておきたいものが二つある。

一つは照葉樹林文化論との関係である。私は別に照葉樹林文化論の使徒ではないが、東アジアにおける生態学的条件によって規定された大きな文化複合を取り出す試みとして高く評価している。ただ従来の研究は雲貴高原から東ヒマラヤにかけての山地民に重点をおいていたために、焼畑耕作民に関心が集中し、長江下流などの水稲耕作民の文化の考察が手薄だった憾みがあった。照葉樹林文化論も水稲耕作をその一つの段階として認めており、かつ江南も地域にふくめているのだから、もっとこの地域の民俗の研究を進めた上で、その体系を考え直す作業が必要だろうと思っている。

しかし、この作業は必ずしも容易ではないと思われる。それは江南の地は、中国の文明の中心の一つであるために、古い習俗や伝承が変容したり、喪失したものが多く、日本の民俗と比較できる古い民俗を明らかにすることが労苦の多い仕事だからである。雲南や貴州のような、文明の中心地から離れたところには古い伝承や生活様式が比較的多く保存されていた。それだけに日本の民俗との類似も容易に目につきやすかった。ところが江南ではなかなかそうはいかない場合が多いのである。

けれども私は別に悲観していない。近年の中国における民俗調査と発表の進展などは、東アジアの民族学の将来について期待を抱かせる大きな要因である。

もう一つの質問は坪井《つぼい》洋文《ひろぶみ》説との関係である。つまり彼は柳田国男の米中心的な日本文化論を批判し、非稲作文化の象徴として里芋を取り上げていたのである。そして稲以前に芋の文化があったという考えであった。それが私の説では、儀礼食としての里芋も稲作文化の一要素になってしまうが、これは坪井説に対する批判なのか、という質問である。

坪井も私と同世代の研究者で、やはり岡正雄《おかまさお》から強い影響を受けていた。里芋の重視には岡説の痕跡を認めることができる。つまり岡は日本は稲作をもたらしたという〈男性的・年齢階梯制的・水稲栽培・漁撈民文化〉よりも古い文化複合の一つに〈母系的・秘密結社的・芋栽培・狩猟民文化〉を想定していたからである（岡正雄『異人その他』言叢社、一九七九年）。私が儀礼的食物としての里芋をはじめ焼畑耕作文化に属すると考えていたのは、主としてエーバーハルトの〈ヤオ文化〉論の影響によるものであった。私は岡の〈母系的・秘密結社的・芋栽培・狩猟民文化〉の構想には、一九六〇年代から批判的であったが、それでも何らかの形で稲作以前の文化複合に里芋を属させたいという気持ちにおいては、岡説も少しは作用していたかも知れない。

いずれにしても儀礼食としての里芋についての中国側の資料をかなり集めた一九八〇年代前半には、もうこれを焼畑耕作文化に属させることは無理だと感じていた。そして『正月の来た道』では、これをその他の正月行事とともに、はっきりと稲作文化の一部として位置づけたのである。それは坪井説の批判というよりも、むしろ自分の旧説への批判だったのである。

現在の私の考えを言えば、日本でも中国の南部でも稲ばかりでなく、その他の作物も食品として重要な役割を果たしているが、そこには米を頂点とする食物の体系が成立しており、里芋もこの体系の一部をなしているのである。その意味で里芋の儀礼食は稲作文化の一部なのである。柳田が米の重要性を指摘したのは正しく、坪井が里芋に注目したのはもっともであった。ただ柳田説、坪井説ともに一面的だったことに限界があったのだと私は思っている。

最後にもう一つ、日本をふくめて東アジアにおける焼畑耕作文化が重要な、また魅力的な問題であるという考えにおいては、私は変わっていない。かつて焼畑耕作文化に属すると思っていた文化要素のなかに、実は水稲耕作文化に属するものがあることが分かっても、それは焼畑耕作文化の存在を否定しているのではないのである。その意味で私は古代江南の山地民たる山越《さんえつ》の研究が必要と思っている。

あとがき

このささやかな本にも、それなりの由来がある。

一九五六年夏学期、留学中のフランクフルト大学に、当時カリフォルニア大学教授だったヴォルフラム・エーバーハルト教授が客員教授として来校し、中国社会史の講義をした。そして最初の時間が終わって私が教授に挨拶に行くと、教授がまず私に尋ねたことは、「岡の博士論文は印刷されたか」ということであった。つまり、岡正雄先生のウィーン大学における博士論文「古日本の文化層」(一九三三年)のことである。エーバーハルト教授の『中国古代の地方文化』は、この日本についての岡先生の博士論文に対応する、中国の民族学的立場から見た中国文化の形成にかんする大著であった。

一九五六年から五七年にかけての冬学期、つまり次の学期に、私はウィーン大学に移った。そして、それまで行っていた東南アジア民族学の研究を進めていたが、その時主任教授であり、また私の指導教官であったヴィルヘルム・コッパース先生は、「東南アジアのことをやるならば、中国のこともやるといい」と助言をしてくれた。そこで私はエーバーハルトの『中国古代の地方文化』を読まなければ、と思った。

ところがこの本は、第一巻・第二巻とあり、第一巻は第二次大戦中にオランダのライデンで発行され、第二巻はやはり戦争中に北京で発行された。そのため、日本には第二巻はたくさんあるが第一巻はなく、ヨーロッパでは第一巻はあるけれども第二巻はなかなかない、という状況であった。たまたま私は、一九五七年に、ウィーン大学の民族学の先輩であり、中国から引き上げてきたネリー・王《ワン》（のちのネリー・ナウマン教授、昨年死去）が勤めていたミュンヘンのバイエルン州立図書館に行って、エーバーハルトの大著を上下二巻とも通読することができた。私はその大きな構想、多くの創見、そして驚くほどの多数の資料に感嘆しながらも、同時にやはり私なりの不満というものを感じた。

たとえば、越文化について、あるいはまたタイ文化について、古代から現代までのさまざまな民俗資料をまとめて取り扱っているが、そのために時代的な変化というものは分からないわけである。ところが中国にはたくさんの文献があり、そして同時に時代による変化、あるいは住民の移動、といったこともいろいろとあった。したがって私は、一度は一つの時代を横に切って、エーバーハルトの試みたような地域文化——ある時代におけるそれぞれの地域の文化——というものを描き出し、また分析する必要があるのではないかと思った。

それはなかなか実現することはなかった。ところがここ数年、中国の神話・伝説を研究するうちに、六朝時代の小説類、たとえば『捜神記』『捜神後記』『異苑』といったものに親しむ機会をもった。そして、こういうものを資料としてやってみてはどうか、ということを思い立って試みたのが、この本である。

私はこの本において、あらかじめ予想していたこともあったし、また予想外のことも明らかになった。一つは、海の民というものが全然出て来ない、ということである。六朝時代の小説には、海の民――海岸の漁民、あるいは海の航海民――というものが、さっぱり現れてこない。これは小説を読んでいるうちに前から気がついていた。ところが他方において、今まで気づいていなかったが、今度やってみて初めて気づいたことがある。六朝小説には、家族とか親族関係とか、そういった面についての資料というものがあまりないということである。それで結局、今回試みた民族誌というのは、信仰とか宗教といった面に偏ったものになってしまったのである。

もちろん、小説以外の資料、たとえば『顔氏家訓』などを使えば、江南と華北との家族・親族関係の違いが記されているし、あるいはまた時代がもう少し後の『隋書』地理志を使えば、中国の西部（益州）、あるいは南部（嶺南）において、父親と息子が別々に住むというようなことが記されている、という具合に、家族・親族関係にかんして補うことができる。しかしながら、やはり六朝小説にもとづくという原則で書いたものであるから、今回はそれ以外の資料のデータをなかに取り入れるのはやめることにした。

中国では近年、それぞれの地域の古代から現代までの概説といったものもいろいろ出ているし、また、梁満倉『中国魏晋南北朝習俗史』（北京・人民出版社、一九九四年）というような、手頃な、また優れた本も出版されている。それらを参考にすれば、小説以外のデータにもとづくさまざまな民族誌的な事実が明らかになると思う。しかし、私は小説という一つのジャンルにもとづいてこのようにまとめ、民族学的解釈を試みるというのも、一度はやるべき仕事であると思うので、今後他の研究者の方が、六朝ばかりでなく、唐代、あるいは宋代といった時期についても、このような試みを続けてやっていただけるとありがたいと思っている。

この本で行うことのできなかった二つの大きな問題がある。一つは、エーバーハルト先生の『中国古代の地方文化』の成果との比較である。私はこの本の原稿を作るに当たって、『中国古代の地方文化』を読み直すということは敢えてしなかった。エーバーハルト説に引きずり回されることを恐れて、わざとしなかったのである。したがって、その結果は非常に深いところではもちろんエーバーハルト説の影響があると思うけれども、一応エーバーハルト説には直接振り回されることなく行った仕事として、エーバーハルトの体系と比較してみるということが、たいへんおもしろい問題ではないかと思う。しかし、病床にあるため、今回はそこには及ばなかった。

もう一つは、日本の民俗との関係である。これは本文中、ところどころ言及はしているが、しかし体系的にはそれを論じなかった。これまた、どなたか研究者の方がやっていただけるとありがたい仕事であると思う。

この本は、もともと『月刊しにか』に三か月の短期連載を五回重ねて書いたものを基礎としている。そして章の配列を多少変え、また本文にわずかであるが加筆を行っている。また、以前やはり同誌に寄せた「東アジアの水稲耕作文化」と題する一文を、日本の民俗との関係にかんする補説として末尾に収めた。『月刊しにか』掲載のときからいろいろお世話になった大修館の小笠原周氏に、この機会にお礼を述べておきたい。

もう一人お礼を述べたいのは、窪徳忠先生である。窪先生は、葉書で、あるいはお会いしたときに、「『しにか』を読んでいるよ」といって激励を惜しまれなかった。これがこの本を成立させるのにたいへん大きな励みになったということを、ここでまた改めて感謝しておきたい。

二〇〇一年一月二十七日

著者

【初出一覧】

江南の民俗
狩人の文化……………………………………『月刊しにか』一九九七年　一月号
江南山地民の宗教……………………………同　二月号
川辺と水田で働くもの、訪れるもの………同　三月号
ワニと犬………………………………………『月刊しにか』一九九九年　七月号
怪しい動物たち………………………………同　八月号
巫女と女神……………………………………同　九月号

楚蜀の民俗
ナレズシと金牛………………………………『月刊しにか』一九九八年　七月号
鬼と人間………………………………………同　八月号
異界の入り口…………………………………同　九月号

華北の民俗
田の中の巨木…………………………………『月刊しにか』一九九七年一〇月号
山東の聖と俗…………………………………同　一一月号
鳥・犬・馬……………………………………同　一二月号

嶺南の民俗
嶺南の動物たち………………………………『月刊しにか』二〇〇〇年　七月号
鳥と蛇…………………………………………同　八月号
神々と首………………………………………同　九月号

〈補説〉東アジアの水稲耕作文化……………『月刊しにか』一九九三年　八月号

[著者略歴]
大林太良（おおばやし　たりょう）
1929年、東京都生まれ。1952年、東京大学経済学部卒業。その後、フランクフルト大学、ウィーン大学、ハーバード大学で民族学を学ぶ。東京大学教授、東京女子大学教授を経て、現在、東京大学名誉教授。民族学（文化人類学）専攻。朝日賞、福岡アジア文化賞受賞。著書『稲作の神話』『日本神話の構造』『東アジアの王権神話』（弘文堂）、『邪馬台国』（中央公論新社）、『神話の系譜』（講談社）、『北方の民族と文化』（山川出版社）、『北の人 文化と宗教』（第一書房）、『東と西 海と山』『正月の来た道』『北の神々 南の英雄』『海の道 海の民』『仮面と神話』（小学館）、『銀河の道 虹の架け橋』（小学館、毎日出版文化賞受賞）、他多数。編著『日本の古代』（中央公論新社）、『日本民俗文化大系』『海と列島文化』（小学館）、『民族遊戯大事典』（大修館書店）、他多数。

〈あじあブックス〉
山の民 水辺の神々――六朝小説にもとづく民族誌

初版発行――2001年4月10日

著者――大林太良
発行者――鈴木一行
発行所――株式会社大修館書店
〒101-8466 東京都千代田区神田錦町3-24
電話 03-3295-6231（販売部）03-3294-2352（編集部）
振替 00190-7-40504
[出版情報] http://www.taishukan.co.jp

装丁者――本永惠子／カバー写真　奈良行博
印刷所――壮光舎印刷
製本所――関山製本社

ISBN4-469-23168-1　　Printed in Japan

アジアの言語・文化・歴史を見つめ直す

[あじあブックス]

- 001 **漢詩を作る** 石川忠久著 本体一六〇〇円
- 002 **朝鮮の物語** 野崎充彦著 本体一八〇〇円
- 003 **三星堆・中国古代文明の謎** ―史実としての『山海経』 徐朝龍著 本体一八〇〇円
- 004 **中国漢字紀行** 阿辻哲次著 本体一六〇〇円
- 005 **漢字の民俗誌** 丹羽基二著 本体一六〇〇円
- 006 **封神演義の世界** ―中国の戦う神々 二階堂善弘著 本体一六〇〇円
- 007 **干支の漢字学** 水上静夫著 本体一八〇〇円
- 008 **マカオの歴史** ―南蛮の光と影 東光博英著 本体一六〇〇円
- 009 **漢詩のことば** 向島成美著 本体一八〇〇円
- 010 **近代中国の思索者たち** 佐藤慎一編 本体一八〇〇円
- 011 **漢方の歴史** ―中国・日本の伝統医学 小曽戸洋著 本体一六〇〇円
- 012 **ヤマト少数民族文化論** 工藤隆著 本体一八〇〇円
- 013 **道教をめぐる攻防** ―日本の君王、道士の法を崇めず 新川登亀男著 本体一八〇〇円
- 014 **キーワードで見る中国50年** 中野謙二著 本体一七〇〇円
- 015 **漢字を語る** 水上静夫著 本体一八〇〇円
- 016 **米芾** ―宋代マルチタレントの実像 塘耕次著 本体一八〇〇円
- 017 **長江物語** 飯塚勝重著 本体一九〇〇円
- 018 **漢学者はいかに生きたか** ―近代日本と漢学 村山吉廣著 本体一八〇〇円
- 019 **徳川吉宗と康熙帝** ―鎖国下での日中交流 大庭脩著 本体一九〇〇円
- 020 **一番大吉！おみくじのフォークロア** 中村公一著 本体一九〇〇円
- 021 **中国学の歩み** ―二十世紀のシノロジー 山田利明著 本体一六〇〇円
- 022 **花と木の漢字学** 寺井泰明著 本体一八〇〇円
- 023 **星座で読み解く日本神話** 勝俣隆著 本体一九〇〇円
- 024 **中国幻想ものがたり** 井波律子著 本体一七〇〇円
- 025 **大小暦を読み解く** ―江戸の機知とユーモア 矢野憲一著 本体一七〇〇円
- 026 **アジアの仮面** ―神々と人間のあいだ 廣田律子編 本体一九〇〇円
- 027 **山の民 水辺の神々** ―六朝小説にもとづく民族誌 大林太良著 本体一四〇〇円

2001年4月現在